江淮八記

斯雄，本名朱思雄，湖北洪湖人，1988年毕业于中国人民大学新闻系。现为人民日报社安徽分社社长，高级编辑。曾获中国新闻奖，被人民网评为"最受网友关注的十大网评人"。

著有《徽州八记》《南沙探秘》《游方记》《盛开的紫荆花——一个内地记者眼中的香港》《香港回归十年志（2003年卷）》《平等的目光》等。中央电视台《亲历·见证》栏目为其拍有纪录片《双城故事·爱在他乡》。2018年推出游记散文《江淮八记》系列。

江淮八记

斯雄 著

时代出版传媒股份有限公司
安徽文艺出版社

图书在版编目（CIP）数据

江淮八记 / 斯雄著 . -- 合肥：安徽文艺出版社，2020.3
（2022.9 重印）
ISBN 978-7-5396-6843-7

Ⅰ . ①江… Ⅱ . ①斯… Ⅲ . ①散文集 – 中国 – 当代
Ⅳ . ① I267

中国版本图书馆 CIP 数据核字 (2019) 第 300926 号

江淮八记
JIANGHUAI BAJI

斯雄 著

出 版 人：段晓静
责任编辑：段晓静　韩　露　　　装帧设计：马德龙

出版发行：时代出版传媒股份有限公司　www.press-mart.com
　　　　　安徽文艺出版社　www.awpub.com
地　　址：合肥市翡翠路 1118 号　邮政编码：230071
营 销 部：(0551)63533889
印　　制：安徽新华印刷股份有限公司　(0551) 65859551

开　　本：880×1230　1/32　　印张：5.5　字数：250 千字
版　　次：2020 年 3 月第 1 版　2022 年 9 月第 5 次印刷
定　　价：48.00 元（精装）

（如发现印装质量问题，影响阅读，请与出版社联系调换）
版权所有，侵权必究

目 录

自 序 | 001

宣纸记 | 002

　　水墨晕章、气韵生动的中国传统书法绘画艺术，也是一朵艺术奇葩，能够独步世界艺术之林，为世人所推崇，中国特有、盖世无双的宣纸作为响当当的民族品牌，功不可没，无可替代，两者相得益彰。其所蕴含的文化和力量，既源远流长，又博大精深，难以穷尽。
　　画家刘海粟1980年7月到泾县宣纸厂参观时，挥毫题写："纸寿千年，墨韵万变"。
　　寥寥八字，精准传神。细细品味，其实充满奥妙玄机，让人从宣纸的精灵中，看到中国宣纸制作技艺的精气神。

桃花潭记 | 018

　　然风景其实无时无处不在,且总是青睐那些有情怀、有共鸣的人。所谓"知者乐水,仁者乐山",圣人之言,靡日不思。

　　如今,桃花潭畔,"层岩行曲,回湍清深""清泠皎洁,烟波无际""由山耸汉,玉屏叠翠"。虽谪仙往矣,然流水依然,袅娜风姿仍旖旎。

　　看着桃花潭畔乘兴而来、尽兴而归的游人,真应该感谢李白,1000多年过去了,居然还能以他特有的方式惠及后人。

　　一处风景,竟成千百年后叙写离愁别绪的代名词——桃花潭,幸甚至哉!

中都城记 | 036

　　"你们有明代第一城和第一陵,发展旅游,完全可以让中都城联手北京故宫、明皇陵联手南京明孝陵,并与小岗村红色旅游打包推介。这三张名片,凤阳独有、世界唯一,得让多少人向往、让多少地方羡煞啊!"

　　凤阳花鼓仍在唱,精气神完全不一样。县里的领导告诉我,花鼓词现在已经有了新的改编:"说凤阳道凤阳,凤阳是个好地方。龙腾祥云凤起舞,天地人和新气象。自从那年掀开了新篇章,走上了小康路,咱们一步一辉煌。这是一片希望的田野,年年收获金色的希望。"

　　凤阳之名,本取"丹凤朝阳"之意,比喻贤才赶上好时机。谁能想到,600多年后,中都城终于赶上好时机,迈进新时代,以蒸蒸日上的崭新风貌诠释出"凤阳"原有的寓意:完美、吉祥、前途光明。

安茶续香记 | 058

　　其实，并不是所有的事物，都一定要贪多求大。只要做精做细，做到唯一，即使再渺小，照样有广阔的生存空间和顽强的生命力，自会有其无可撼动的一席之地。

　　安茶比较小众，产量不高，销区不大。之所以能在销声匿迹数十年后被人记起，浴火重生，就在于它的精与细，还有它独特的口味和效用，在爱茶人舌苔上镌刻下了不可磨灭的记忆。

　　一片茶叶，富一方百姓。离开芦溪乡时，当地人告诉我，芦溪村有农户585户，其中520户从事安茶生产。2018年村民人均纯收入15920元，高于安徽省平均水平；其中从事安茶生产的年人均纯收入达11148元，占全年总收入的70%。农户不仅从事安茶的种植、采摘、生产、销售，还忙于采摘箬叶、编制篾篓……

　　续香后的安茶，又在续写乡村振兴的新传奇。

杏花村记 | 070

　　这倒让我一下子想到一句网络戏谑之言："伏羲东奔西走，黄帝四海为家，诸葛到处显灵，女娲遍地开花……"

　　可不是吗？近些年来，鉴于年代久远，又无法准确考证，类似"杏花村"这样争抢名人故里、古代名址的事屡见不鲜。甚至不管历史上是否真实存在过的人物、遗址，乃至神话、小说中的虚构人物，居然也被无休止地争来夺去。

　　而对"杏花村"而言，其商标被一分为二，"酒"在山西，"玩"在安徽，算是各得其所了。现实点讲，如今再围绕杜牧、《清明》诗与杏花村之间的关系去作无谓的争论，既无意义也无趣。如真能借此打造既有历史又有文化的旅游胜地，助力乡村振兴，发展经济，倒不失为美谈。

构树扶贫记 | 082

  千百年来的一种"不材"之树,如今却能驱动一方经济,引导贫困人口脱贫致富,让田野里呈现新气象,长出新希望。
  细数起来,身边的"不材"之物,应该还有许多。其实,那不过是我们以往的一种认识而已。要是改变观念,合理转换,加上合适的支撑,把更多"不材"变成"材",应该也有可能。
  树犹如此,其实,事事如此。

"安大简"记 | 092

  每每面对这些文物,背后隐藏的已知和未知的海量信息,总让我感到汗颜和纠结,总不免陷入沉思:中国古代文明到底有多么辉煌与灿烂?从文化到科技,到底曾经达到怎样的高度、广度和深度?或者更具体一点,当时人们的生存和生活状态到底有多高级?
  文物是无声的,但历史的碎片似乎总在给予一些暗示。
  有人说,当一个社会的物质条件发展到一定程度,人们会越发渴求知道,我们是谁?我们从哪里来?我们又将走向何处?
  至少在目前,这些都还无法完全知道,也没人可以准确回答。
  正视历史,才能正视自己。如此看来,让人类认识自己的历史和创造的力量,在当前的确仍然是一件很紧要的事。

量子纠缠记 | 112

道高一尺，魔高一丈。科学发展到今天，人类看到的世界，仅仅是整个世界的一小部分。人类未知的世界，多到难以想象。现在也许可以说，量子保密通信能做到"永不泄密"，但在未来呢？

大胆假设，小心求证。探求未知的梦想，才是人类前进的动力。科学正是在不断怀疑、假设、证实、否定中不断发展的。

应该向那些执着于探知未来的人致敬。古往今来，正是因为有了他们，如潘建伟团队那样，始终锲而不舍地在与"量子们"的"纠缠"中，追逐梦想，揭示世界奥秘，展现神奇力量，才能让人类不断拓展所能认知的更广阔疆域，奔向原本以为遥不可及的远方。

附 录 | 126

物色尽而情有余　　韩　露

《徽州八记》：时政记者笔下温暖而亲切的土地　　祝华新

《人民日报》记者写了本融媒体书，单篇全网阅读量3000万+
　　　　　　　　　　　　　　　　　　　　　　宋　婧

后 记 | 149

自序

愿荐枕席的感动

作为湖北人,我和安徽有种说不出的缘分。宗族谱牒载明,先世于唐时徙居歙县黄墩。从北京到安徽工作后,无论走到哪里,总有一种似曾相识、久别重逢的亲近与愉悦。

法国作家大仲马说过:"人生的真谛就在于不断的等待与希望。"

有人对此作出一种解读:有一颗愿意等待的心,说明对未来抱有希望;有一颗充满希望的心,等待又算什么?人生就是在等待与希望中度过的,人永远要对未来充满信心。

诚哉斯言。

《徽州八记》在2018年5月出版后,小有反响。我并未把它当作句号,而是努力不负众望地酝酿

"新八记"。一年多过去了,这种等待与希望,艰难而充实。

说艰难,是因为人不应轻易停下脚步,而且不能简单重复自己。沉醉于过往的经验之中,是可怕的,毕竟熟练不等于高超,要想出新,唯有突破,超越自我。这就难免需要苦苦寻觅,在写什么不写什么上患得患失,会有举棋不定的纠结。一个纠结过去,又一个纠结来了。

说充实,是因为艰难过后是坦途,所谓"苦尽甘来"是也。人生有时候就是这样,当时觉得过不去的坎,仿佛天要塌下来了,雾去天晴之后,柳暗花明;回头再看,其实并没那么凶险那么难。经历积累得多了,自然就充盈,而且可以宠辱不惊了。

"不东不西""左右逢源"的安徽,省名本为安庆和徽州的合称,却又简称皖,因为这里有古皖国,古称八皖大地。安徽现在自称江淮大地,文化底蕴深厚,又是改革创新的热土。说是写"八记",其实可写的题材,何止八十记。反复权衡、删繁就简之后,最终命名为《江淮八记》,

作为《徽州八记》的延续，分别为：《宣纸记》《桃花潭记》《中都城记》《安茶续香记》《杏花村记》《构树扶贫记》《"安大简"记》《量子纠缠记》。

我一向认为，在全媒体时代，无论技术和平台如何发展变化，"内容为王"始终是颠扑不破的真理。

"内容为王"本为传媒业界最为人熟知的从业理念之一。完整的提法是"内容为王，外链为皇"，是指内容的原创性对于网站重要性而言的一种比喻。其实，无论什么作品，对内容的要求，绝不仅仅是原创性，还包括题材、主题、细节、情节、情感、哲理等诸要素的总和。

腹有诗书气自华。为文与为人

一样，内容为立身之本。什么样的内容才立得住？首先得有料，有原创，有营养，内容有稀缺性和唯一性，才会使得价值斐然。安茶与构树，都过于小众，并不为常人所知；宣纸与中都城，确实有其唯一性；量子纠缠，更是一般人都不明白的尖端科技。这些稀缺且唯一的知识性内容，本身对读者就有吸引力，让人读后总能有所得。这是我对写作最基本的要求。

文字要美。爱美之心，人皆有之。桃花潭与杏花村的景，宣纸与中都城的韵，都是大美。用干净精练、文采飞扬、富有美感的文字写出，读起来一定舒服，能给人以美的享受。所谓"言之无文，行而不远",就是对文章美感的一种要求和警示,我也时刻以此提醒自己。

文章要有思想。好看的皮囊千千万,有趣的灵魂万万一。思想性是内容的灵魂。游记散文不是导游词,要善于从事物的表象中跳出来,见人之所未见,言人之所未言,立意和站位高,能悟出一些道理和哲理,给人以启发,才会耐读。既有思想,还能有趣,自然更好。老实讲,写作过程中,虽有纠结,却也常有思想的火花倏忽冒出,偶尔的神来之笔,自己都能感到不可言说的快意。

当然,内容为王,并不等于孤芳自赏。过去讲"酒香不怕巷子深",如今再固守这样的观念,不过是锦衣夜行,不合时宜了。在新媒体时代,推送传播的渠道和平台,几乎具有决定性意义。再好的内容,淹没在海量信息之中,读者想看到,有如大海捞针,谁都希望能在有限的时间内便捷获取。

《江淮八记》的推送传播,适应时代发展的趋势,紧紧拥抱新媒体。每一记都先在报纸副刊刊发，作第一次传播；然后由网站、客户端、微信、微博、微信公众号、电子屏媒推送，作第二次传播；朗读版和微视频出来后，再由新媒体作第三次传播。多平台多渠道的推送，使得受众面不断扩大，传播效应达到最大化。

做传统媒体，尤其是做报纸的，对文字的感受力相对会强一些。这次通过做朗读版，才深切地感受到，听文章的朗读，也是一种非常好的享受，只不过因为自己长期埋头弄文字，没怎么在意，也外行了。

朗读确有独特的魅力。去年12月，第20届齐越朗读艺术节暨全国大学生朗读大会优秀作品展演在安徽凤阳举办，央视《晚间新闻》主播彭坤在现场朗读了《小岗村记》的节选。我是第二天才知道的，据说"现场很火爆"。凤阳县的领导把彭坤的朗读音频发来，我听了确实感到非常震撼。彭坤后来告诉我，因为这篇文章的历史背景，她朗读前还专门向她父亲请教过，之后她把现场朗读的音频发给她父亲听时，老爷子居然听哭了。《杏花村记》朗读版由人民网微信公众号在《夜读》栏目推送。有读者留言称:"作为安徽人也是第一次知道杏花村居然在池州","文史类文章在晚间静听,太舒适了"。

心理学上讲,有一种记忆,叫作趣味记忆。比如,现在一提到写过的《中都城记》,我的第一反应居然是央视彭坤朗读的有穿透力且充满正能量的声音;提起《量子纠缠记》,首先想到的是央广姚科磁性更震颤心灵的声音。

现在的人们,每天看手机、用电脑花费的时间过多,导致用眼过度。仅从阅读的角度来说,用耳朵听,和用眼睛看相比,是完全不一样的感受,似乎与当代人的生活方式更合拍一些。毕竟用耳朵听,不像用眼睛看那么累了。

《江淮八记》因为是融媒体推送，确实展现出旺盛的生命力，传播持久，而不是昙花一现。推出以来，网上点击量至今仍在不断攀升。《安茶续香记》刚推出时，全网阅读量是 800 万 +，至年底，已突破 1000 万。

经过一年多漫长的等待之后，《江淮八记》总算是完工了。随后的希望是什么？我只能答以"大梦谁先觉，平生我自知"。

身在安徽，因为美好，因为缘分，确实常有一种愿荐枕席的冲动和感动。

2019 年 11 月 13 日于合肥

江淮八記

江淮八记

宣纸记

有人告诉我，2008年北京奥运会开幕式上，升国旗、奏国歌之后，紧接着的图景，其实就是中国宣纸的制作技艺——纸棚舂打、捞纸、揭纸、晒纸，以及一幅中国画大写意创作过程，向全世界直观展示中国书法绘画艺术特色和韵味，相当震撼。

今年年初，在合肥偶遇中国宣纸股份有限公司董事长胡文军，很自然聊到这个话题。他极力邀请我去泾县看看宣纸。

泾县位于安徽宣城市西部，有"中国宣纸之乡"美名，因泾水（今称青弋江）穿境而过得名，当吴越之交会，为歙池之襟喉，处长山大谷间，山多地少。坐车游走在泾县境内，一路山清水秀，蓝天白云之下的山峦和天空,总显得特别高远。道路两边广告牌打出的,尽是"红星宣纸""曹氏宣纸""汪同和宣纸""徽记宣纸""玉泉宣纸"……令人目不暇接,仿佛淹没在宣纸海洋里。

据泾县人介绍,宣纸产业是泾县主导产业之一,现有宣纸企业十六家。其中有国有控股龙头企业,更多的是家族式小作坊,全县年产宣纸八百吨。宣纸产业有从业人员三万余人,很多都是世代以宣纸制造为业的。

一

宣纸本身是纸。为书写记事,人类在漫长岁月中,先后尝试过十多种不同书写材料,从甲骨、金石、竹木等重质硬性材料,到树叶、树皮、莎草等轻质脆性材料,逐渐过渡到缣帛、羊皮板等轻质柔性材料。汉字"纸"的出现,始于西汉年间,已有两千多年历史。原先写作"帋",后来写作今天常用的"纸"字,以"丝"为偏旁,表明是一种丝制品。

"自古书契多编以竹简,其用缣帛者谓之为纸","缣贵而简重,并不便于人。伦乃造意,用树肤、麻头及敝布、渔网以为纸。元兴元年(105年)奏上之,帝善其能,自是莫不从用焉,故天下咸称蔡侯纸"。南朝宋时范晔所著《后汉书·蔡伦传》中的这段描述,算是把纸的来历讲清楚了。

据说,东汉年间,曾有人专门生造一字"帋",从"氏"从"巾",以区别于"纸",表明不是丝制品,而是采用植物纤维制成。会意之意更确切,可惜后来未能代替。

作为惠及人类的中国古代四大发明之一,造纸术发明之后,纸开始成为用以书写、绘画、印刷、包装等的薄片状植物纤维制品,通行至今。

蔡伦造纸之法,为锉、煮、捣、抄,奠定手工造纸基本法则。从"蔡侯纸",到有宣纸之名,再到现代所称真正意义上的宣纸,同样经历了漫长的探索。

"宣纸"一词,目前发现最早出现在晚唐张彦远所著《历代名画记·论画体工用拓写》中,"江东地润无尘,人多精艺……好事家宜置宣纸百幅,用法蜡之,以备摹写"。

这表明,宣纸至少自晚唐始,已经主要作为中国传统书法绘画的专用纸。宋代以后,宣纸因在各种纸张中耐久性和抗虫性最好,特别是其润墨性和不变形,能够"墨分五色",即一笔落纸,焦、浓、淡、湿、枯跃然而显,能充分展现中国传统书画艺术的无穷妙味,更受到宫廷内外文人墨客竭力追捧,成为供书画、裱拓、水印等用途的高级艺术用纸。

难怪宋代诗人王令在《再寄满子权》诗中赞道:"有钱莫买金,多买江东纸。江东纸白如春云,独君诗华宜相亲。"

二

去位于泾县小岭的安徽曹氏宣纸有限公司参观,见到曹建勤。他是"曹氏宣纸"第二十七代传承人。他陪我们一同前往小岭许湾,沿山坡而上,去看明代修建的"蔡伦祠"遗址。祠早被毁,民国二十四年(1935年)重修所刻《汉封龙亭侯蔡公祠记》碑仍在,碑文载:"溯汉代龙亭侯发明造纸流传于世者,殆遍全球。惟我族居泾西小岭,崇山峻岭,所出宣纸为他纸冠,尤为吾皖特产,故人民共食力于宣纸也,得度生机者,其恩至深且远。"

宣纸制作技艺一直传承至20世纪80年代,仍然以泾县小岭曹氏居多。

据曹建勤介绍,宋末元初,其先祖率宗族由虬川入泾,居小岭,"贻蔡伦术为业,以维生计"。当其时,小岭"九岭十三坑",坑坑建棚造纸。传承至曹大三,宣纸在曹氏一族掌握中,成为名甲天下的纸张。曹大三亦为泾县历代宣纸艺人所拥戴,为泾县曹氏宗族制纸之祖。其后小岭一隅无法容纳,新老棚户另辟蹊径,向外发展,才逐渐扩散到泾县境内所有宜造宣纸的地方。

一般来说,一张宣纸的制作周期从原料到成品需要一到两年时间。宣纸生产现在号称要经过一百零八道工序,这些工序基本仍靠人工。

那天去汪六吉宣纸有限公司,正好赶上捞三丈三宣纸。只见十几个师傅光着膀子,围在纸浆池四周,同时举帘,有规律地不停从池中捞纸。现场负责人介绍说,这是个力气活儿,更是技巧活儿,十几个人如果配合不好,帘上的纸浆就不均匀。即使配合得好，捞出的纸成品率仍只有百分之六十左右。

我曾在曹建勤的捞纸车间尝试捞纸，是那种尺寸最小的，只需两人操作。我按师傅指引举帘，先斜插进纸浆池，第一下要深，平端出后再斜插一次，第二下要

三丈三捞纸　汪三伍 摄

三丈三巨宣晒纸　吴章谦 摄

浅,然后平端出即可。看似简单,却未成功。

曹建勤又鼓动我揭纸,即把刚捞出榨干水分的一摞纸,一张一张揭起分开。我虽小心翼翼,却始终找不着那个巧劲儿,总是揭破。

我倒并不沮丧。毕竟千百年传承下来的传统工艺,其中一定有高深奥妙之处,哪是看几眼就能学会的?

作者(左二)在学习捞纸

三

走进胡文军所在公司位于郑村的燎草基地，又是另外一幅景象：两位师傅正戴着口罩扯青草和鞭草，其实就是处理掉稻草纤维之外的杂质，四周满是粉尘。之后放进蒸锅进行碱蒸，然后人工担挑上山，一把一把平摊到山坡上辟出的石滩曝晒——石滩上，铺满燎草，黄一片、白一片，一眼望去，像一块涂满色彩的画纸；向上就是天际线，蔚蓝天空下，点缀着三两个挑草人的剪影——据说，这里已是全球摄影爱好者们常年追逐的取景地。

但我看到的，分明是近乎苦力的劳作，心有戚戚。

晒制纸料　王建培　摄

"宣纸制作到现在还是主要靠手工操作。人类科技始终在不断进步,宣纸制作技艺在传承过程中,应该多少有些改进吧?"我问曹建勤。

"确曾经历过几次变革。比如,原料由原来的纯皮到皮料、草料混合,辅料从用当地的草木纯碱到纯碱,从天然漂白到用漂白精,制作纸浆由过去人工、水碓舂打改为机械舂打

等,都凝聚了历代宣纸匠人的智慧和追求。但宣纸生产历来是手工抄造、目测检验,诸如选料、蒸煮、捞纸、揭纸、看纸、剪纸等等,全凭经验,机器似乎还无法替代。个别工序也曾改为机制生产,但手工制作的纸帘纹路和特有的润墨效果,至今尚无法保证。"他说,中国宣纸制作技艺于2009年入选联合国教科文组织《人类非物质文化遗产代表作名录》,入选理由中,就明确讲到"自唐代以来,它一直是书法、绘画及典籍印刷的最佳载体,至今仍不能为机制纸所替代"。

这些总让我想起小时候吃香瓜。老人们说,香瓜用刀切出来,不好吃;得直接用拳头砸开,口感才好——是耶非耶?有科学道理吗?实在说不清。

国内宣纸行业仅有的两个"大国工匠",都在胡文军所在公司,一位捞纸,一位晒纸。

晒纸的火墙,温度很高,使得整个车间像个蒸笼,冬天还好,夏天就热得不行。

郑村燎草基地航拍 宣集办提供

那天去中国宣纸文化园的宣纸技艺体验园，正好看到"大国工匠"毛胜利在火墙前用古法晒纸，动作麻利：他把捞出的宣纸一张一张揭下，贴到火墙上，用软毛刷刷平整；整面火墙可贴十三张，待最后一张刷好，前面第一张正好晒干，周而复始。

问到晒纸诀窍，已晒纸三十多年的毛胜利说："窍门是有，不过是手艺而已。"

可就这"手艺"二字，背后一定是经年累月的积累和坚守，以及敬业、精进、专注、创新的"工匠精神"。

"大国工匠"毛胜利在晒纸　尹建生　摄

作为中国灿烂造纸技艺中的一朵奇葩,宣纸在众多手工纸中脱颖而出。其原料主要为青檀皮、稻草和猕猴桃藤汁。青檀皮浆料为长纤维,稻草浆料为短纤维,两者配合使用,形成骨骼与血肉之间相互依存的关系。

"既然手工纸基本工序大体差不多,而青檀皮、稻草和猕猴桃藤在别的地方也有产出,为何只有泾县生产的,才能称为宣纸?"

参观中国宣纸博物馆时,我终于忍不住说出长期萦绕在心头的疑惑。

"这些当然不是我们自己说了管用的。国家颁布实施《地理标志产品保护规定》,泾县被批准为宣纸原产地域,宣纸为'地理标志保护产品'。地理标志保护产品包括:一是来自本地区种植、养殖产品;二是原材料来自本地区,并在本地区按照特定工艺生产和加工的产品。也就是说,除了泾县,在世界上其他任何地方生产的纸,都不能称为宣纸。"

胡文军自信满满:"千百年来的生产和实验也一再证明:青檀树和沙田稻草,虽然别的地方也有,但只有泾县和周边很小部分地区生长的,才可做宣纸原料;我们有自己传承下来的特殊工艺配方,口传心授,秘不示人;还有我们当地的水质和微生物环境……"

这些话,听起来有些玄妙,却又令人不得不信服。

可不是吗?世界上的确有很多古老工艺就是那么神奇,并不都能完全用现有的科学和技术去具体分析和解释清楚,而这可能恰恰就是它们的过人之处,独门绝技成就其独有特质,成为独一无二。

水墨晕章、气韵生动的中国传统书法绘画艺术,也是一朵艺术奇葩,能够独步世界艺术之林,为世人所推崇,中国特有、盖世无双的宣纸作为响当当的民族品牌,功不可没,无可替代,两者相得益彰。其所蕴含的文化和力量,既源远流长,又博大精深,难以穷尽。

画家刘海粟1980年7月到泾县宣纸厂参观时,挥毫题写:"纸寿千年,墨韵万变"。

寥寥八字,精准传神。细细品味,其实充满奥妙玄机,让人从宣纸的精灵中,看到中国宣纸制作技艺的精气神。

纸寿千年 墨韵万变 刘海粟

【原载《人民日报》2018 年 11 月 17 日第 12 版】

《宣纸记》微视频　　　《宣纸记》音频

朗读：中央广播电视总台　王大民

江淮八记

桃花潭记

高中临毕业那会儿,我们四个要好的同学约好,一起照张合影,留作纪念。

那个年代,照相都得去照相馆,而且只有黑白的。照好后,还时兴在底片上写几个字,照片冲印出来,那行字是白色的。

写什么呢? 同学脱口而出:"桃花潭水。"

这张照片尘封已久,"桃花潭水"这几个字,多少年来,却始终萦绕在我的心头。

李白乘舟将欲行,忽闻岸上踏歌声。
桃花潭水深千尺,不及汪伦送我情。

李白的《赠汪伦》,化无形为有

沙上久已没，
戍路注偏僻。
李白赠汪伦
己亥大雪时节
书之我鹜湖畔
吴雪书

安徽省书法家协会主席吴雪书《赠汪伦》

形,把情谊描摹得如此生动,画面感强,空灵有余味,自然而情真。

袁枚在《随园诗话补遗》(卷六)中录下了这首诗的原委:

唐时汪伦者,泾川豪士也,闻李白将至,修书迎之,诡云:"先生好游乎? 此地有十里桃花。先生好饮乎? 此地有万家酒店。"李欣然至。乃告云:"'桃花'者,潭水名也,并无桃花。'万家'者,店主人姓万也,并无万家酒店。"李大笑;款留数日,赠名马八匹、官锦十端,而亲送之。李感其意,作《桃花潭》绝句一首。

此处的"泾川",即指现在安徽省宣城市泾县。到安徽工作后,方知泾县有个桃花潭镇,正是李白写这首诗

的地方，我一下子动心了。

　　桃花潭，位于泾县以西40公里处，南临黄山、西接九华山，与太平湖相连。青弋江（古称泾水）自南而北，从太平湖以下西岸群山中奔流而出，至泾县万村附近，被一座石壁挡住，水势潆洄，造就一汪清幽的深潭。潭面水光潋滟，清冷镜洁，碧波涵空，"向者兹潭十数里而近桃林缤

鸟瞰桃花潭　蔡盛　摄

纷，夹岸无杂树，匪直芳飞红雨，抑亦情悦锦鳞"，向为当地胜景。

潭西岸，怪石耸立，古树青藤。有万村，隋朝时建有扶风会馆，还有唐朝官方旌表五世同居的"义门"，特别是有万姓人家开设的酒店，即"万家酒店"，引发一段传诵至今的佳话。

潭东岸，白沙平野，田畴阡陌连比，村舍屋檐相接。有翟村，被称作"水东翟家"，为当地大宗族，兴旺发达，人才辈出，出过不少文人墨客，对李白与汪伦的故事，多有传说。袁枚所述汪伦邀李白赴桃花潭，即取自翟村人至今仍在口口相传的民间故事。

怀才不遇、寄情山水、寻仙访道、辗转流离的李白，晚年遇大赦，重获自由，随即顺江东下，过白帝城，泛舟洞庭，尤钟情于宣城、金陵、当涂、池州、徽州一带的山水和民风，依人为生，并绝笔当涂，终老青山。有人统计，在李白存世的近千首诗作中，与安徽有关的占了近1/3，其中不少成为千古绝唱。

据1996年版《泾县志》记载："汪伦，又名凤林，本县人，父亲仁素,兄凤思,曾为歙县县令,子文焕,在泾传十余世,部分后裔迁居常州麻镇。天宝(742—756年)年间汪伦曾为泾县县令,卸任后居泾县桃花潭畔。生平喜与人交游,尤与李白、王维友善。爱饮酒赋诗,议论政事。"但汪伦曾任泾县县令,依据是《汪氏宗谱》,尚未发现其他佐证。

袁枚冠之"泾川豪士",颇为取巧。也有学者考证认为,汪伦只是一"村人"也。不过,即使是"村人",应该也是当地家资丰厚、志趣高雅的人物。与李白趣味相投、一见如故,是一定的。

李白另有《过汪氏别业》二首:

其一

游山谁可游?子明与浮丘。

叠岭碍河汉,连峰横斗牛。

汪生面北阜,池馆清且幽。

我来感意气,捶炰列珍羞。

扫石待归月,开池涨寒流。

酒酣益爽气，为乐不知秋。

其二

畴昔未识君，知君好贤才。
随山起馆宇，凿石营池台。
星火五月中，景风从南来。
数枝石榴发，一丈荷花开。
恨不当此时，相过醉金罍。
我行值木落，月苦清猿哀。
永夜达五更，吴歈送琼杯。
酒酣欲起舞，四座歌相催。
日出远海明，轩车且徘徊。
更游龙潭去，枕石拂莓苔。

这两首诗正是游桃花潭期间所写，诗中描写汪氏别业中的豪华景致以及主客永夜把酒欢歌的场面，进一步还原了李白与汪伦的友情和送别时的深情。

现桃花潭镇收藏有一门楣石条，横镌刻小篆"别业居"

三字，据说是出土古物。是否真为汪伦"别业居"门楣，尚待考证。

汪伦墓原位于桃花潭东岸，水东翟村，村东金盘献果地。

汪伦墓　尹建生　摄

墓曾多次被毁和迁移，现址在桃花潭怀仙阁后方，墓后建有汪伦祠。墓地占地一亩左右，主墓为椭圆形，墓前立有据称是清代复建时所立墓碑，碑有破损，能看清的碑文为："光绪十一年季秋月重建　史官之墓汪讳伦也　谪仙题十五年十月南阳立。""史官之墓汪讳伦也"是否为谪仙所题，亦无所考。

因为李白,汪伦得以青史留名;因遇谪仙,桃花潭得以"复流深心于永思"。

桃花潭一带引人遐思的传说,一直在发散和演绎,历来为人所追捧。如东岸题有"踏歌古岸"门额的踏歌岸阁,西岸彩虹岗石壁下的钓隐台,屹立千年的垒玉墩,深藏奥妙的书板石,李白醉卧的彩虹岗以及文昌阁、中华祠、怀仙阁……还有保存完整的皖南古民居群——桃花潭畔,山水秀丽,景致宜人,真可谓"山水入画里,一步一惊奇"。

"一生好入名山游"的李白,在走近桃花潭的前前后后,一再流连于皖南一带迷人的山山水水,赋诗抒怀。

坐落在宣城市区北郊水阳江畔的敬亭山,虽无天柱山之险峻,无九华山之灵秀,无黄山之奇绝,但在此丘陵地带拔地而起,远看满目清翠,云漫雾绕,近观林壑幽深,泉水淙淙,显得格外灵秀。

李白曾七次登临敬亭山,把它写入诗中:

众鸟高飞尽,孤云独去闲。

相看两不厌,只有敬亭山。

如果说,写这首《独坐敬亭山》时的李白,多少怀有些许孤独感的话,在写《望天门山》时,显然又是另外一番心境和景象:

天门中断楚江开,碧水东流至此回。
两岸青山相对出,孤帆一片日边来。

天门山是位于安徽省马鞍山市和县白桥镇的西梁山与芜湖市鸠江区大桥镇的东梁山的合称,长江至此折转北去,"两山石状晓岩,东西相向,横夹大江,对峙如门"。李白专写天门山的诗文就有三首,特别是这首《望天门山》,以其惯有的豪放飘逸、自由奔放、无拘无束的诗风,饱含激情地把天门山的雄奇壮美充分展现出来,意境开阔,气魄豪迈,使之闻名天下,引来文人墨客络绎不绝地探古寻幽。

《独坐敬亭山》传诵后,敬亭山声名鹊起,吟无虚日。

陈村水库　尹建生　摄

白居易、杜牧、韩愈、欧阳修、苏轼、文天祥、汤显祖、文徵明、石涛、梅尧臣等,留下诗、文、记、画数以千计,"遂使声名齐五岳"。

人与景入诗,一定有某种缘分;而人与诗入景,珠联璧合,传诵后世,文化基因嵌入景中,蓦然间窥见人在自然山水中搭建的纯净精神境界,彰显出文化在自然审美中的不朽价值。

袁枚在《随园诗话补遗》中记载:"今潭已壅塞。"张惺斋炯题云:"蝉翻一叶坠空林,路指桃花尚可寻。莫怪世人交谊浅,此潭非复旧时深。"

江淮八记
―
032

桃花潭晨渡　尹建生　摄

桃花潭之晨 蔡盛 摄

　　这种叹息延续已久。1958年,国家在青弋江上游修建陈村水库(现称太平湖),大江截流之后,大坝下游的桃花潭水已不复旧时丰盛。

　　然风景其实无时无处不在,且总是青睐那些有情怀、有共鸣的人。所谓"知者乐水,仁者乐山",圣人之言,靡日不思。

　　改革开放之后,当地政府着手修复桃花潭,打造诗意胜景。开荒山,理杂芜,迁移修葺,复山川之灵气,还桃花潭本来之面目。如今,桃花潭畔,"层岩衍曲,回湍清深""清泠皎洁,烟波无际""由山耸汉,玉屏叠翠"。虽谪仙往矣,然流水依然,袅娜风姿仍旖旎。

看着桃花潭畔乘兴而来、尽兴而归的游人,真应该感谢李白,1000多年过去了,居然还能以他特有的方式惠及后人。

一处风景,竟成千百年后叙写离愁别绪的代名词——桃花潭,幸甚至哉!

【原载《人民日报》(海外版)2018年12月8日第11版】

《桃花潭记》微视频　　《桃花潭记》音频

朗读:中央广播电视总台　贾际

江淮八记

中都城记

最近几年,跑安徽凤阳的次数特别多。每次去,都是一头扎进小岗村。

小岗村1978年率先实行"大包干"到户的生产责任制,开中国改革的先河,被称作"中国改革第一村",世人瞩目。这让小岗村连同凤阳县火了起来,老百姓的日子过得也红红火火。

每每说到这些,都会提到那句著名的凤阳花鼓词:"说凤阳道凤阳,凤阳本是个好地方。自从出了朱皇帝,十年倒有九年荒。"

新旧、前后对比强烈,确实能让人深刻感受到好日子的来之不易。

可能是我这个人喜欢瞎琢磨吧,总觉得这段从清代就流传甚广的花鼓词后两句,让人有些费解。

凤阳是明太祖朱元璋的家乡。按说出了皇帝,龙兴之地,受天高地厚之恩,老百姓的日子应该很好过才是,怎么反倒"十年倒有九年荒"呢?道理上似乎有些说不通。

请教凤阳当地人,却言人人殊,莫衷一是,让我一直难以释怀。

凤阳县位于安徽省北部,淮河中游南岸,地形南高北低,南部以侵蚀剥蚀山、丘陵为主,山丘麓部为起伏岗地、中部为微波起伏的河流阶地和岗地,北部为坦荡的冲积平原。凤阳县的自然地理条件并不优越,确是实情,但这跟"朱皇帝"扯不上关系。

有一天,在小岗村忙完手头的活儿,陪同的县委领导建议我去看一下大明中都城遗址。我对此完全没有概念,未置可否。

"这里虽是一座'废都',却是北京城的蓝本。你从北京来,看了肯定会有感觉的。"主人一片盛情。

车行至县城西北隅,眼前一截残存的城墙和破败的城门,突兀地展现在眼前。

明中都城遗址　凤阳县委宣传部提供

"明朝初年,曾经定都凤阳,建大明中都城。这里是明中都皇城午门。"凤阳县博物馆副馆长袁媛说,"皇城当时是明中都城的内城,也就是宫城、紫禁城,相当于北京故宫。"

明洪武元年(1368年)正月,朱元璋在应天(今江苏南京)称帝,迁入吴王新宫。但在哪里建都,游移不定,先后考虑过应天、汴梁(今河南开封)、元大都(今北京)、关中等处。

至洪武二年(1369年)八月,全国统一,大局已定,朱元璋再次会议群臣,提出临濠(今凤阳)前江后淮,以险可恃,以水可漕,欲以为中都。群臣皆称善。于是九月正式下诏,在家乡临濠建都,"始命有司建置城池宫阙,如京师之制焉"。

朱元璋对营建新都城提出了很高的标准,不仅要求雄伟宏壮,还要求尽量华丽,能够真正展现开国帝都堂皇气派。他在《龙兴寺碑》中说:"洪武初,欲以(凤凰)山前为京师,定鼎是方,令天下名材至斯。"他从各地征调匠工、军士、民夫、罪犯近百万人,全国的"百工技艺"都集中到这里来。他还强制移民,最大的一次在洪武七年(公元1374年),"徙江南民十四万实中都"。建筑墙体用的城砖,从仅发现的砖铭已知,主要由长江中下游22个府71个州县的工匠和中都等卫所军士烧造。砌筑时,以石灰、桐油加糯米汁做浆料,关键部位甚至用生铁熔铸,以达到永固。

中都城午门的正门,由南往北远看,有三券门洞,近看左右两边还有两券掖门,所谓"明三暗五",与北京故宫午门完全一致。午门三券门洞两侧及城楼四周基部,均为白玉石须弥座，其束腰部分连续不断地镶嵌着精致的浮雕。须弥座通高1.61米，浮雕高32厘米，长度不等，浮雕深度3至5厘米。

袁媛指着白玉石须弥座上的龙、凤、云朵等浮雕说，南京明故宫午门的青石须弥座上只饰有少量花饰，高30厘米，深度只有1厘米左右，其余均为光面石头。北京故宫午门石墙基上的石雕图案、尺寸和南京午门的差不多，完全没有中都城那样的精雕细琢，尺寸也小了。

中都城所有殿坛木构建筑涂绘彩画，"穷奢侈丽"。石构建筑雕饰奇巧，宫阙御道踏级文用九龙、四凤、云朵，丹陛前御道文用龙、凤、海马、云朵，宫殿石础"规方一丈厚二尺，中凹受柱车轮圆。双龙五凤杂云气，匠巧一一穷雕镂"。考古发掘中发现的中都城宫殿蟠龙石础，270厘米见方，面积约7.3平方米，相比北京故宫太和殿的金銮柱石础，160厘米见方，面积约2.5平方米，只有中都城蟠龙石础的三分之一。

长期参与中都城考古发掘的袁媛，比照北京故宫的格

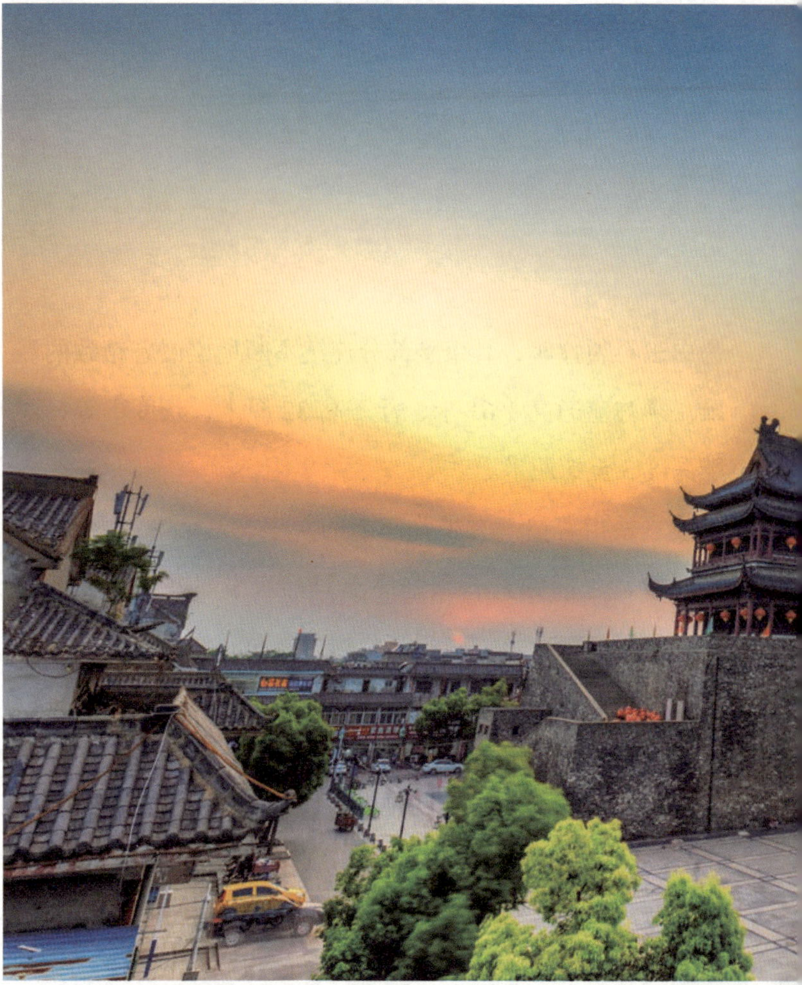

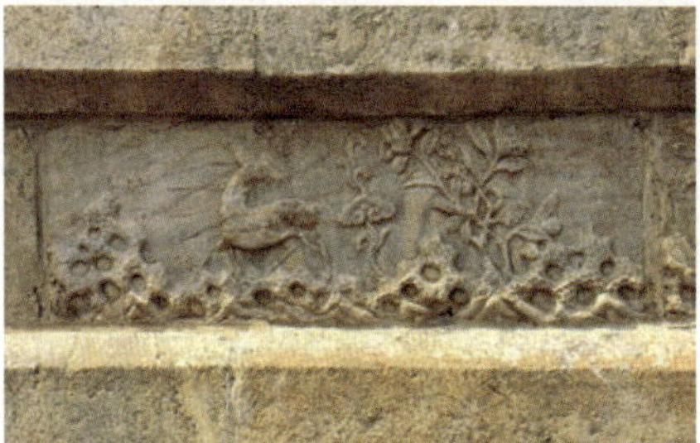

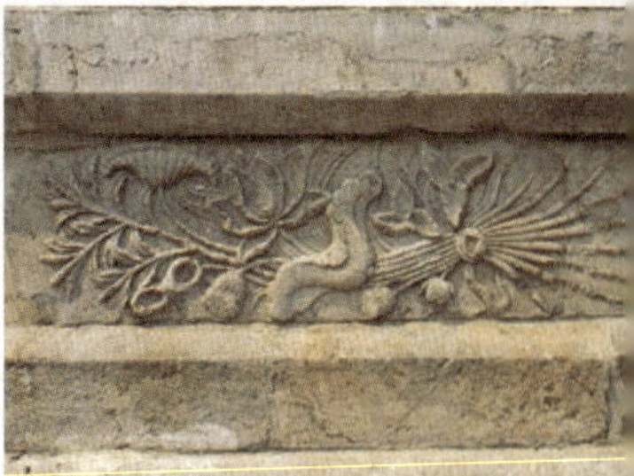

雨后的明中都鼓楼广场　刘树逸　摄

明中都城午门须弥座上的浮雕　凤阳县博物馆提供

局,讲解得绘声绘色:皇城是中都城的核心,和北京故宫一样,南为午门,东为东华门,西为西华门,北为玄武门,北京故宫现在叫神武门。城内居中建三大殿,左右两侧为东、西二宫……中都城皇城南北长965米,东西宽875米,周长3680米,面积84万平方米,比北京故宫大12万平方米。

中都城熔历代都城形制于一炉,不仅有继承,更有创新和发展,创下有明一代的都城建筑设计制度:沿用皇城居中、三套方城的传统布局,同时利用自然地形加以创新,选择在临濠府西南20里的凤凰山之阳"席山建殿""枕山筑城";禁垣蜿蜒而上,宫阙高亢向阳,益发显得气势雄伟;外城以万岁山为中线点,左右连接"日精""月华"二峰,势若凤凰飞翔。

引起我注意的是,中都城的规划设计,取法于《周礼·考工记》。

"匠人营国,方九里,旁三门。国中九经九纬,经涂九轨,左祖右社,面朝后市,市朝一夫……"《考工记》是先秦时期记述官营手工业各工种规范和制造工艺的文献,《考工记·匠人》所载的营国制度,竟然一直是中国都城营建的规范,有"历代遵从,千古一致"之说。从明朝上溯至周朝,可是已经过去1000多年了。那个时期确定的礼制,居然已经如此完备和科学,让后人如此拜服:中国古代文明到底曾经创造和达到怎样的灿烂和辉煌?不得不让人浮想联翩。

经过6年连续不断的营建,中都城已具备宫廷建筑的基本格局和形制。在营建中都城的前后,朱元璋为其父母、兄嫂在凤阳县城南修建大明皇陵。"规模宏丽,制作完美,有加于前焉",成为明代第一陵。陵前有石像生32对,数量之多、刻工之美为历代帝王陵之冠。南京明孝陵以及随后明、清两代的陵寝规制,基本出自大明皇陵。

让人意外的是,洪武八年(1375年)四月,朱元璋突然以"劳费"的理由,"诏罢中都役作"。同年九月,"诏改建(南京)大内宫殿",按照中都城的城市规划和建筑设计,改建南京的宫室、社稷、太庙等。洪武十一年(1378年),改称南京为"京师",罢北京,仍称开封府。永乐年明成祖朱棣迁都北京,改应天府为南京,并以顺天府北京为"京师"。此后,明、清两代均以北京为京师。

迁都南京时,朱元璋诏书说:"朕今所作,但求安固,不事华丽,凡雕饰奇巧,一切不用,惟朴素坚壮,可传永久,吾后世子孙,守以为法。"《大明会典》载,明成祖朱棣"营建北京,宫殿门阙,悉如洪武初旧制",沿用了中都城的规划制度,没有再照凤阳中都宫阙那样搞得豪华侈丽,只是中都宫殿门阙南京翻版的再翻版。

清康熙皇帝在明孝陵题有"治隆唐宋",以褒扬明太祖。与此异曲同工,中都城"上承宋元,下启明清",《中都志》称"规制之盛,实冠天下"。20世纪60年代末即寻访考查明中都遗址、著有《明中都研究》的王剑英先生称其为"中国数千年来最华丽的都城"。北京故宫博物院副院长单士元先生评价中都城是"朱元璋集我国2000多年都城建筑之大成,悉心营建的一

座豪华都城""完备的封建帝王宫殿的蓝本"。

罢中都役作后,结局只能如《阿房宫赋》所言,"鼎铛玉石,金块珠砾,弃掷逦迤,秦人视之,亦不甚惜"。至清康熙

明中都城午门遗址　王悦　摄

二十三年（1684年）修《凤阳府志》时，中都城九门高峙，周围基址宛然。乾隆二十年（1755年），拆九门和包砖面的两段外城墙，取砖营建府城，中都城遂成遗址。新中国成立后，皇城城墙基本保存完整。"文革"期间，城墙及城门台基被大量拆除。

走上残存实长57.75米的午门城墙，放眼望去，满目苍凉。沿午门西侧延伸至西华门城台，尚存1100多米连续完整的城墙，巍峨之气势犹在；东望，已完全是当代的市井景象；北望，则一马平川，唯见丛生的杂草，地面建筑全无，已难觅当年宫阙的胜景。

在家乡建都又废都，颇为蹊跷。《明太祖实录》说："初，上欲如周、汉之制，营建两京，至是以劳费罢之。"朱元璋一生敦崇俭朴，爱惜民力，以"劳费"为由罢建中都似乎合情合理。刘基就曾多次劝谏："凤阳虽帝乡，然非天子所都之地，虽已置中都，不宜居。"

明说的原因，常常不是要因，更深更重要的原因往往说不出口。比如担心建都家乡，淮西勋贵集团利用盘根错节的宗族、乡里关系扩大势力,对皇权构成威胁;再比如营建中都期间"工匠压镇""役重伤人"等。其中还有一条可能更为关键:定都临濠之前,凤阳"百姓稀少,田野荒芜",处江淮之间,易涝易旱,漕运不便,经济极其落后,人为定都之后,其供应仍靠富庶的江南来负担,朱元璋亦曾多次移民充实,造成一系列后患。

废都之后,这些后患对凤阳的影响至深至远。有关凤阳花鼓的研究,对此作了注解。

原生态的凤阳花鼓,是民间艺人以花鼓小锣为伴奏乐器、双人表演民间小曲乞讨谋生的一种曲艺形式。一般认为产生于明代"移民回里说",清乾隆至嘉庆年间赵翼《陔馀丛考·凤阳丐者》曰:"江苏诸郡,每岁冬必有凤阳人来,老幼男妇,成行逐队,散入村落间乞食。至明春二三月间回。其歌曰:'家住庐州并凤阳,凤阳原是好地方,自从出了朱皇帝,十年倒有九年荒。'以为被荒而逐食也。然年不荒亦来,行乞如故。《蚓庵琐语》云:'明太祖,徙苏、松、杭、嘉、湖富民十四万户以实凤阳,逃归者有禁。是以托丐回省墓探亲,习以为俗,至今不改。'理或然也。"

凤阳花鼓词所述,绝不是"一二移民偶然逃亡的做作",而是"明代凤阳农村破产时,所发出的哀音"。从有清一代至民国,凤阳的面貌,并无根本改观。

如此看来,"自从出了朱皇帝,十年倒有九年荒",倒也所言非虚。这应该是朱元璋当初执意在家乡建都旋又废都时没有想到的。

新中国成立后,凤阳的经济逐渐改观,人民生活水平明显提高。特别是1978年,以小岗村为代表率先实行"大包干"之后,凤阳农村勃发生机,彻底解决了温饱问题,外出行乞随之绝迹。县委的领导告诉我,70年过去了,纵向来看,凤阳农民人均可支配收入从1949年的不足30元到2018年的11544元,实现了亘古未有的历史性跨越。

曾经消失的中都城,如今已经今非昔比,经过考古发掘,如今已成凤阳响亮的名片。除了被国务院列为国家重点文物保护单位,成功入选第三批国家考古遗址公园名单外,2019年3月还入围"2018年度全国十大考古新发现"终评项目名单。知名度的提高，引来八方游客。凤阳县文化旅游局有个统计数据，听了让人既振奋又欣慰：2018 年，中都城游客数约 25 万人次，明皇陵游客数约 30 万人次，门票收入 750 万元。凤阳县全年旅游接待人数 242 万人次，景区门票收入 3000 万元，旅游综合收入 20 亿元。

我和凤阳县的领导开玩笑说："你们有明代第一城和第一陵，发展旅游，完全可以让中都城联手北京故宫、明皇陵联手南京明孝陵，并与小岗村红色旅游打包推介。这三张名片，凤阳独有、世界唯一，得让多少人向往、让多少地方羡煞啊！"

凤阳花鼓仍在唱，精气神完全不一样。县里的领导告诉我，花鼓词现在已经有了新的改编："说凤阳道凤阳，凤阳是个好地方。龙腾祥云凤起舞，天地人和新气象。自从那年掀开了新篇章，走上了小康路，咱们一步一辉煌。这是一片希望的田野，年年收获金色的希望。"

凤阳之名，本取"丹凤朝阳"之意，比喻贤才赶上好时机。谁能想到，600 多年后，中都城终于赶上好时机，迈进新时代,以蒸蒸日上的崭新风貌诠释出"凤阳"原有的寓意:完美、吉祥、前途光明。

【原载香港《文汇报》2019年4月13日B9版、4月16日A21版】

《中都城记》微视频　　《中都城记》音频
朗读：中央广播电视总台　彭坤

大明皇陵之碑简介

大明皇陵在中都城西南的太平乡,洪武二年荐号"英陵",旋改称"皇陵"。有左右两座碑亭,东边为无字碑,西边皇陵碑有朱元璋亲撰的碑文。《实录》记载:洪武十一年四月,"重建皇陵碑,上以前所见碑,恐儒臣有文饰,至是复亲制文,命江阴侯吴良督工刻之"。皇陵碑额篆有"大明皇陵之碑",碑文共1105字,历述家世实情与戎马生涯,是研究朱元璋家史与元末明初历史的珍贵史料。

大明皇陵之碑
[明]朱元璋 撰

孝子皇帝元璋谨述:

洪武十一年夏四月,命江阴侯吴良督工新造皇堂。予时秉鉴窥形,但见苍颜皓首,忽思往日之艰辛。况皇陵碑记,皆儒臣粉饰之文,恐不足为后世子孙戒。特述艰难,明昌运,俾世代见之。其辞曰：

昔我父皇，寓居是方，农业艰辛，朝夕彷徨，俄而天灾流行，眷属罹殃：皇考终于六十有四，皇妣五十有九而亡。孟兄先死，合家守丧。

田主德不我顾，呼叱昂昂。既不与地，邻里惆怅。忽伊兄之慷慨，惠此黄壤。殡无棺椁，被体恶裳。浮掩三尺，奠何肴浆。

既葬之后，家道惶惶。仲兄少弱，生计不张。孟嫂携幼，东归故乡。值天无雨，遗蝗腾翔。里人缺食，草木为粮。予亦何有，心惊若狂。乃与兄计，如何是常。兄云去此，各度凶荒。兄为我哭，我为兄伤。皇天白日，泣断心肠。兄弟异路，哀动遥苍。汪氏老母，为我筹量，遣子相送，备醴馨香。空门礼佛，出入僧房。

居未两月，寺主封仓。众各为计，云水飘扬。我何作为，百无所长。依亲自辱，仰天茫茫。既非可倚，侣影相将。突朝烟而急进，暮投古寺以趋跄。仰穹崖崔嵬而倚碧，听猿啼夜月而凄凉。魂悠悠而觅父母无有，志落魄而侠伴。西风鹤唳，俄渐沥以飞霜。身如蓬逐风而不止，心滚滚乎沸汤。一浮云乎三载，年方二十而强。时乃长淮盗起，民生攘攘，于是思亲之心昭著，日遥眺乎家邦。已而既归，仍复业于於皇。

住方三载，而又雄者跳梁。初起汝颍，次及凤阳之南厢。未几陷城，深高城隍。拒守不去，号令彰彰。友人寄书，云及趋降。既忧且惧，无可筹详。傍有觉者，将欲声扬。当此

大明皇陵之碑　刘国安　摄

之际，逼迫而无已，试与知者相商。乃告之曰：果束手以待非，亦奋臂而相戕！知者为我画计，且祷阴以默相。如其言往，卜去守之何详。神乃阴阴乎有警，其气郁郁乎洋洋。卜逃卜守则不吉，将就凶而不妨。即起趋降而附城，几被无知而创。少顷获释，身体安康。

从愚朝暮，日日戎行。元兵讨罪，将士汤汤。一攫不得，再攫再骧。移营易垒，旌旗相望。已而解去，弃戈与枪。予脱旅队，驭马控缰。出游南土，气舒而光。倡农夫以入伍，事业是匡。不逾月而众集，赤帜蔽野而盈冈，率渡清流，戍守滁阳。

思亲询旧，终日慨慷。知仲姊已逝，独存驸马与甥双。驸马引儿来我栖，外甥见舅如见娘。此时孟嫂亦有知，携儿挈女皆从傍。次兄已殁又数载，独遗寡妇野持筐。因兵南北，生计忙忙。一时会聚如再生，牵衣诉昔以难当。于是家有眷属，外练兵钢。群雄并驱，饮食不遑。

暂戍和州，东渡大江。首抚姑熟，礼仪是尚。遂定建业，四守关防。砺兵秣马，静看颉颃。群雄自为乎声教，戈矛天下铿锵。元纲不振乎彼世祖之法，豪杰何有乎仁良。予乃张皇六师，飞旗角亢。勇者效力，智者赞襄。亲征荆楚，将平湖湘。三苗尽服，广海入疆。命大将军东平乎吴越齐鲁，耀乎旌幢。西有乎伊洛崤函，地险河湟。入胡都而市不易肆，虎臣露锋刃而灿若星芒。已而长驱乎井陉，河山之内外，民庶咸仰。关中即定，市巷笙簧。玄菟、乐浪以归版籍，南藩十有三国而来王。

倚金陵而定鼎，托虎踞而仪凤凰。天堑星高而月辉沧海，钟山镇岳而峦接乎银潢。欲厚陵之微葬，卜者乃曰：不可，而地且臧。于是祀事之礼已定，每精洁乎烝尝。惟劬劳罔极之恩难报，勒石铭于皇堂。世世承运而务德，必仿佛于殷商。泪笔以述难，谕嗣以抚昌。稽首再拜，愿时时而来飨。

洪武十一年，岁次戊午，七月吉日建。

江淮八记

8 安茶续香记

舌苔上的记忆,总是那么顽固而清晰,有时候甚至有些不可思议。饮茶之人,尤其如此。

1983年的一天,安徽省茶叶公司收到一个邮寄包裹,里面是一篓篓装的老茶,随附一信:"此茶叫安茶,是半个世纪前的茶品,产自安徽祁门,历来在广东、港澳台以及东南亚一带畅销。现因几十年未见,广东、港澳台及东南亚等地老茶人十分想念,特来信致意,寄望复产。为方便复产,特附上老茶一篓,以作样茶……"

落款为:"华侨茶叶发展研究基金会关奋发"。

当时,茶叶在内地仍实行统购统销。安徽省茶叶公司是安徽省内专门从事茶叶产、供、销的国有企业,但都不知安茶是什么茶,更不知"关奋发"为何方神圣。

从"华侨茶叶发展研究基金会"追根溯源方知,关奋发系香港爱国商人,华侨茶叶发展研究基金会发起人。协会于1981年在北京成立后,致力于扶持茶叶的生产、加工、出口,研究改进茶叶品质,资助、奖励对茶叶发展做出贡献的有志之士。

关奋发祖籍福建,出身茶叶世家,13岁即在武夷山做茶,后落脚香港,并到东南亚经营茶叶。20世纪30年代日本侵华,茶叶的生产、运输、销售受阻,他被迫改行做其他生意。但他不忘祖业,始终惦记着茶,早在改革开放之初,就已遍访内地各大产茶区。

关先生寄来的那篓茶,是产于20世纪30年代的安茶。茶篓藏有茶票:"具报单人安徽孙义顺安茶号,向在六安采办雨前上上细嫩春芽蕊,加工拣选,不惜资本,加工精制,向运佛山镇北胜街经广丰行发售,历有一百八十余年……"

安徽省茶叶公司询问祁门县,方知新中国成立前,安茶已经停产。

祁门历史上生产饼茶、青茶、安茶、毛峰，茶业历史悠久，早在唐代已颇具规模。唐咸通三年（862年），歙州司马张途所著《祁门县新修阊门溪记》载：邑"山多而田少，水清而地沃，山且植茗，高下无遗土，千里之内，业于茶者七八矣。由是给衣食，供赋役，悉恃此。祁之茗，色黄而香，贾客咸议，愈于诸方。每岁二三月，赍银缗缯素求市将货他郡者，摩肩接迹而至"。

清光绪初，绿茶销路不畅。胡元龙、余干臣在祁门周边的贵溪、至德（今东至县）试制红茶成功，并劝导茶农改制红茶。自此，红茶逐渐成为祁门茶业的主要产品，蜚声海外，畅销欧美，与印度大吉岭、斯里兰卡乌伐红茶并列为世界三大高香名茶。祁门所产绿茶、安茶反倒退居其次了。

一般认为，安茶创制于明末清初，产于安徽黄山市祁门县南阊江沿岸芦溪一带，是介于红茶、绿茶之间的一种半发酵紧压茶。安茶历来称谓较多，光在祁门民间，就有广东茶（大约因主要销往广东）、软枝茶、六安茶、青茶等叫法，在广东、港澳及东南亚一带，有安徽六安笠仔茶、安徽六安篮茶、陈年六安茶、矮仔茶、徽青、普洱亲戚茶等叫法，凡数十种，不一而足。

好茶靠好种。祁门当家品种称祁门种，其中槠叶种占81.1%，属国家级珍贵茶树有性种优质资源，为祁门独有，酶活性高，安茶正是采自此种茶树。采摘鲜叶一般以芽叶为主，采一芽二叶、三叶或对夹叶，以芽蕊为佳。

安茶用篾篓装，篓呈椭圆形，内衬箬叶。茶色黑褐尚润，条索壮实均齐，口感清爽醇厚，味中有甜，汤色澄明，带箬叶香味，适宜热带潮湿地区人们饮用。

茶为药用，茶草同源，茶最早本是解毒之物。相传，在香港、广东一带，海边渔民喝海水后腹胀，把安茶放在炉子上煮一煮，喝上一碗，病就好了。百年前，岭南曾瘟疫流行，当地中医以安茶开方之药引，治好了不少病人，安茶可以治病的消息不胫而走，被当地人奉为"圣茶"。

安茶 汪瑞华 摄

"楼下喝普洱,楼上喝安茶"。当年两广、港澳台及东南亚热带地区家境殷实的人家,几乎家家备有安茶,且越陈越受欢迎。清末民国年间,香港盛行喝安茶,作为上乘饮品,已然成为身份地位的象征。

安茶在近代曾远销亚洲各地,制茶商号繁多。据《祁门县志》记载,安茶历史上由茶号经阊江从江西运至广州、佛山等地,转口销往新加坡、菲律宾、印度尼西亚等国和中国香港、澳门、台湾等地。1932年,祁门县有安茶号47家,其中"顺"字号6家,"春"字号30家,名气较大的有"孙义顺""新和顺""向阳春"等。

抗战期间,受战事影响,水路荒废,安茶市场萎缩而逐渐停产。1945年,最后一批安茶运抵香港后,就此销声匿迹了。

让人没想到的是,一晃几十年过去了,远在香港的关老先生居然还对安茶念念不忘,专门来信寻访,希望恢复生产,再续半个世纪前的茶香。

安茶复产,有幸赶上内地改革开放春风。1984年,国务院下达文件,宣布除边销茶(指专供销往边疆少数民族地区少数民族群众习惯饮用的茶叶)外,内销茶和出口茶一律实行议购议销,实行国营、集体、个体多渠道经营。这一年,祁门县有关部门派技术人员深入安茶原产地芦溪乡,遍访当年安茶制作、经营者,终于试制成功,安茶得以恢复生产。

复产后的安茶,很快在广东佛山等地引起反响,逐渐行销原有市场。1997年,根据广东省土畜产进出口公司一位经理的建议,老茶号"孙义顺"商标重新申请注册,1998年正式启用。

不巧的是,安茶复产后,正赶上祁门茶业"红改绿"浪潮,绿茶受青睐,安茶销售市场受到很大冲击。

谁曾料想,2003年暴发"非典",安茶可消瘴的药效被广泛传播,广东人纷纷购买安茶加以防范。一时间,安茶火了一把。不仅如此,安茶的经营者们一致决定,"非典"期间,货源再紧俏,也绝不提价,坚决不发"国难财"——安茶总算站住脚跟,市场从此稳定下来。

关于安茶的过往,我早已耳熟能详,但却从未到芦溪去看看真正的安茶产地。直到今年清明前夕,我从祁门县城驱车沿山路蜿蜒40分钟,来到安茶的核心产区——芦溪村。一条不足500米长的街上,两旁茶企、门店毗连,老远就能闻见淡淡的茶香。

受邀走进一枝春安茶厂喝茶,得知他们刚创办了"安茶故事馆",还原安茶历史。我问老板戴海中:"与祁门红茶和普洱茶相比,安茶在制作工艺上到底有哪些独特之处?"

"安茶亦分初制和精制两大过程,初制和精制前面几道工序和一般的茶叶制作比,工艺相差不大,精制后面的几套工序比较独特。比如补火,主要作用是提香;夜露,用竹垫把白天补好火的茶叶摊于露天,吸收露水中的养分精华,改变茶叶的口感;装篓,使茶叶与箬叶、竹篾近距离接触,温温热气促使茶香、箬香、竹香三香合一;打围,把装满茶叶的小篓串联起来,把握好竹篾收紧的力

安茶茶园 朱兴华 摄

度,这是紧压茶叶的过程,普洱茶要越紧越好,安茶讲究外紧内松……"

戴海中说:"新制的安茶一般需储存陈化2至3年后,使其火气退尽,方可饮用。"

"火气退尽"四字,颇有意味:原来茶也有火气,退尽后方能成为好茶——茶犹如此,况人乎?

祁门县祁红产业发展局负责人告诉我,芦溪乡现有15

家生产安茶的加工企业,安茶销售市场相对稳定。2018年安茶产量近200吨,产值近2000万元,这些年基本保持在这个水平,产量和产值都不算大。

"做大一点,不是更好吗?"

"那倒不一定非要追求数量。目前来说,制定安茶标准,确保安茶品质,保护好安茶品牌,才是当务之急。"

这话说得实在。其实,并不是所有的事物,都一定要贪多求大。只要做精做细,做到唯一,即使再渺小,照样有广阔的生存空间和顽强的生命力,自会有其无可撼动的一席之地。

安茶比较小众,产量不高,销区不大,目前主要内销广东、北京、上海,外销日本。之所以能在销声匿迹数十年后被人记起,浴火重生,就在于它的精与细,还有它独特的口味和效用,在爱茶人舌苔上镌刻下了不可磨灭的记忆。

一片茶叶,富一方百姓。离开芦溪乡时,当地人告诉我,芦溪村有农户585户,其中520户从事安茶生产。2018年村民人均纯收入15920元,高于安徽省平均水平;其中从事安茶生产的年人均纯收入达 11148 元,占全年总收入的 70%。农户不仅从事安茶的种植、采摘、生产、销售,还忙于采摘箬叶、编制篾篓……

续香后的安茶,又在续写乡村振兴的新传奇。

【原载《人民日报》(海外版)2019 年 6 月 22 日 第 11 版】

《安茶续香记》微视频　　《安茶续香记》音频
朗读：中央广播电视总台　小曾

江淮八记

杏花村记

20世纪80年代的时候,每到春节从北京回湖北老家过年,我都会花钱买瓶好酒孝敬父母。

记忆中,买得最多的是老"八大名酒"之一的杏花村汾酒。酒瓶呈琵琶型,白瓷质地,饰以花纹并彩画,画中题有"借问酒家何处有,牧童遥指杏花村"。

我也因此很自然地认为,杜牧《清明》诗的发生地,是在山西。

直到有一次到安徽池州出差,当地人建议我去看一下杏花村。

"哪个杏花村?"

"就是杜牧《清明》诗中所指的杏花村呀。"

"那个杏花村不是在山西吗?"我有些愕然。

"不,是在我们池州市,贵池区城西秀山门外。"当地人很肯定地说。

我还是将信将疑。

从北村口一路走下来,杏花流泉、问酒驿、白浦荷风、唐茶村落、窥园、百杏园……唐风唐韵令人仿佛有穿越之感。杏花村文化旅游区据称以史载杏花村旧址为基础复建。村里新建有牧之楼,"牧之"二字取自杜牧存世的唯一书法作品《张好好诗》。楼内展示有《天一阁藏明代方志选刊〈池州府志〉》,志中记载:"杏花村,在城西里许。杜牧诗'借问酒家何处有,牧童遥指杏花村'。"

陈列的史料文献还有许多,可谓旁征博引。

自古为村立志者,颇为罕见。然清康熙年间贵池人郎遂编纂有《杏花村志》十二卷,以浙江巡抚采进本收入《钦定四

杏花村全景图 饶颐 摄

库全书》，为唯一入选《四库全书》的村志。至清末民初，池州人胡子正编纂有《杏花村续志》传世。1979年版《辞海》说得更明确："杏花村，在安徽贵池市西。向以产酒著名。《江南通志》载：唐诗人杜牧任池州刺史时，有'清明时节雨纷纷,路上行人欲断魂；借问酒家何处有？牧童遥指杏花村'一诗,即指此。"

如此看来,说杜牧笔下的杏花村在池州,也算是有据可考。因此在新中国成立后,贵池便着手复建杏花村,先后建有两个杏花村文化公园。从2012年开始,池州市政府开始大规模建设杏花村文化旅游区,计划建成一个集传统文化与现代观念于一体的大型民俗休闲度假区,意在恢复"十里烟村一色红"的壮观景象,将杏花村复建成名副其实的"天下第一诗村"。

除了池州杏花村,全国叫杏花村、号称是杜牧《清明》诗发生地的,有不下20个。其中包括广为知晓的山西汾阳,还有湖北麻城。杜牧任池州刺史前,在黄州任刺史,麻城时为黄州辖县。而江西玉山县也有个杏花村,因杜牧曾赴江西任观察使幕……这些杏花村,多少都能找出一些史料、文献为之佐证。

考察史料可知,天下杏花村未必只一家。

村,本为乡下聚居的处所,至唐代方成为管理单元。村

杏花村记

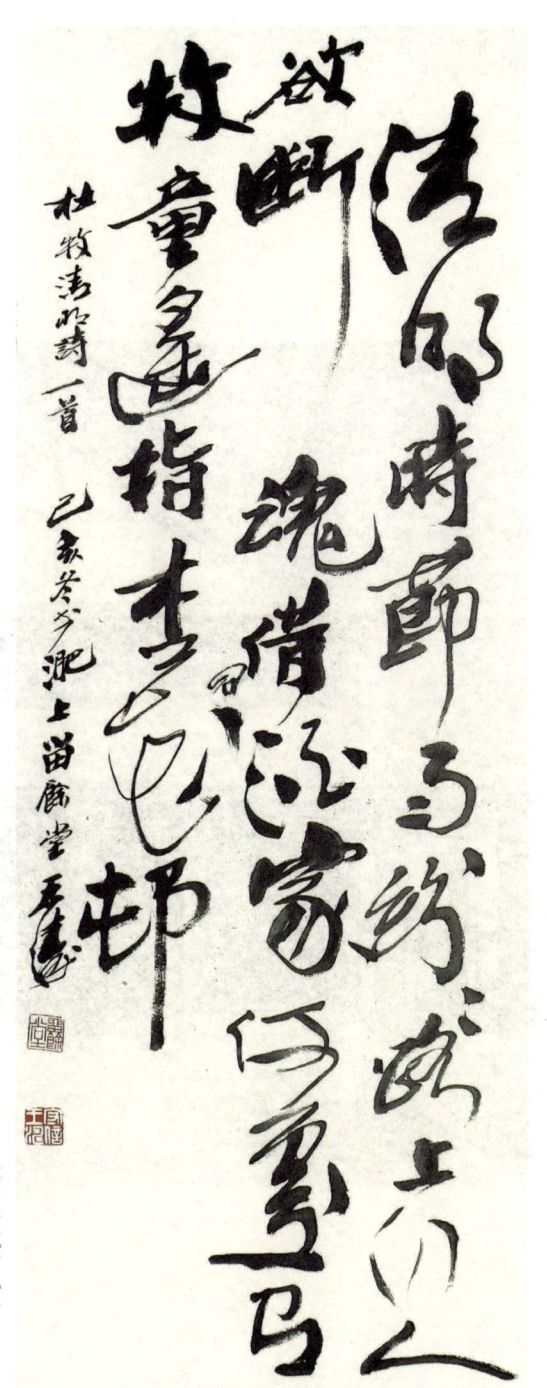

清明时节雨纷纷，路上行人欲断魂。借问酒家何处有，牧童遥指杏花村。

杜牧清明诗一首 己亥冬岁沁上留庐堂 王涛

王涛书杜牧《清明》诗

牧之楼　章征胜　摄

落的命名，或按姓氏，或据山形地貌，或取自典籍，或得自盛产之动植物，不一而足。叫杏花村，本不稀奇。但要认定哪个杏花村一定是杜牧《清明》诗的发生地，确实有难度，毕竟杜牧没有明说过。

蹊跷的是，一直到南宋前，都没有明确《清明》诗是杜牧的诗作。同时代人，杜牧的外甥裴延翰为杜牧所编纂的《樊川文集》中未收录此诗，北宋年间所编《樊川别集》乃至《樊川外集》也没有，只是在南宋年间所编《樊川续别集》里才第一次出现。清康熙年间编校的《全唐诗》，"得诗四万八千九百余首，凡二千二百余人"，所收杜牧诗作，仍未见《清明》诗。明中后叶始，个别方志中才谈及杜牧与《清明》诗、杏花村的关系。难怪陈寅恪在其《元白诗笺证稿·附校补记》中说，"此诗收入明代《千家诗》节本，乃三家村课蒙之教科书，数百年来是唐诗最流行之一首。若就其出处，殊为可疑"。

更糟糕的是，《清明》诗从一开始出现，就没有明确是在何时、何地所写。历代不少学者认为，杏花是典型的唐代意象，"杏花意象"在唐时不外乎"春天的象征""村野""成仙"及与科举功名有关的"杏园"等寓意，至宋以后，才渐渐与"村野酒家"产生关联。

如此看来，《清明》诗中的"杏花村"，或许只是一个文学

杜牧《张好好诗》 饶颐 摄

意象,并非专指某一具体村落。

《四库全书》收录《杏花村志》时,加有按语点评:"杜牧之为池阳守,清明日出游,诗有'借问酒家何处有,牧童遥指杏花村'句,盖从言风景之词,犹之'杨柳''芦荻洲'耳,必指一村以实之,则活句反为滞相矣。然流俗相沿,多喜附会古迹以夸饰土风……"读罢让人面红耳热,汗颜不已。

这倒让我一下子想到一句网络戏谑之言:"伏羲东奔西走,黄帝四海为家,诸葛到处显灵,女娲遍地开花……"

可不是吗?近些年来,鉴于年代久远,又无法准确考证,类似"杏花村"这样争抢名人故里、古代名址的事屡见不

杏花村窥园　饶颐　摄

鲜。甚至不管历史上是否真实存在过的人物、遗址,乃至神话、小说中的虚构人物,居然也被无休止地争来夺去。

而对"杏花村"而言,其商标被一分为二,"酒"在山西,"玩"在安徽,算是各得其所了。现实点讲,如今再围绕杜牧、《清明》诗与杏花村之间的关系去作无谓的争论,既无意义也无趣。如真能借此打造既有历史又有文化的旅游胜地,助力乡村振兴,发展经济,倒不失为美谈。

【原载《人民日报》(海外版)2019 年 11 月 2 日第 7 版】

《杏花村记》微视频　《杏花村记》音频
朗读：安徽广播电视台　闻罡

江淮八记

8

构树扶贫记

我从小生活在江汉平原,那里河湖沟汊多。当地原生树种不多,能存活的,必须是耐水性的,比如柳树。但柳树属不材之树,无论做房梁还是打家具,几乎都用不上,大多当作柴火烧了。

有一天,去安徽六安市所属的国家级贫困县霍邱,路边不断出现一个标语,引起我的注意:"发展构树产业,助力脱贫攻坚。"

构树产业?还真是第一次听说,那时候我连构树是什么都不清楚。从网上搜出构树照片一看,才恍然大悟:太熟悉、太常见了,在我老家随处可见。

构树属落叶乔木,叶呈螺旋状排列,两侧常不对称,叶片边缘具粗

合肥匡河边的野生构树　斯雄　摄

锯齿。其红色的雌性球形头状花序，一些地方称之为"鸡蛋花"。据说，淮河以北多称为"楮树"，淮河以南称为"皮树"，也有称"麻叶树""醋桃树""皮桑"的。大约因为叶面的形状像一张猫脸，我们小时候都叫它"猫子树"。家乡农村的田间地头、房前屋后、浅山丘陵、河畔、山谷、荒野，都有构树的身影。即使在城市，犄角旮旯里也常见其踪迹。但构树并不怎么招人待见，甚至有人以"谷田久废必生构"来形容。

构树虽也像柳树那样"不材"，倒也有些功用。《本草纲目》说，该树开碎花结实如杨梅，有益气、明目等功能，过去遇灾荒年成，构树还可以救急救荒。不过，即使作为药材，构树也不稀罕，功用并不独特和突出。一种"不材"之树，怎么突然与扶贫挂上钩，还弄成产业了？

4月，我走进霍邱县彭塔乡赵圩村的育苗基地。一片并不平整的土地上，长满郁郁葱葱的构树，高不过两尺，枝杈繁茂。负责人随手掐断一根构树的枝丫，断面很快流出黏黏的白色乳液，他说："人的皮肤受伤或发炎，过去民间用构树的乳液抹一抹，就能起到消炎止痛的作用。"

位于霍邱县彭塔乡的安徽宝楮生态农业科技公司构树基地的构树苗　斯雄　摄

　　构树本身好"养活",在生长的过程中无须施化肥、打农药,基本处于"散养"状态。这点倒和柳树差不多。

　　我原以为,育苗基地里的构树,就是随处疯长的野生构树。一问方知,是杂交构树。杂交构树是由中科院等研究机构在野生构树基础上,采用现代育种技术,经过十多年的筛选和试验种植培育出来的。其植物粗蛋白含量是玉米的二

点五倍,是黄豆的一点八倍,远比野生构树粗蛋白含量高。而且杂交构树叶片肥厚,较野生构树丰产。

在我的印象中,构树长得都很粗壮,高可达丈余,可以荫翳蔽日。宋人刘克庄曾如此勾勒构树下的美景:"楮树婆娑覆小斋,更无日影午窗开。一端能败幽人意,夜夜墙西碍月来。"

"这么小的树苗,要长成大树,需要多长时间?"我问。

"不需要长成大树。树苗生长两三个月,就收割一次。"育苗基地负责人说,收割的构树枝叶,并非直接可用,而是经过发酵,加工做成饲料。

六安市还在裕安区顺河镇建有构树产业扶贫示范基地,连片种植构树，所生产的产品由生态养殖公司负责收购，作为奶牛精饲料，据说已可替代进口的苜蓿草，奶牛产奶量比过去高出一截。

科技的力量，经常创造变废为宝的神奇。曾经被认为"不材"的构树，居然能有如此大的功用，确实出人意料。把构树养殖与扶贫嫁接，这更让人没想到。

做事情，只要有心、用心，终归会有回报。六安市花大力气建设的两个示范基地，其扶贫模式大体差不多，似乎并无多少新意，也可复制，成效却相当显著：引进杂交构树，建成产业链，流转贫困户的土地，让贫困户获利；安排贫困户就业，从事育苗、插苗、补植、除草、保养、浇水等工

工人正在构树饲料发酵车间查看饲料发酵情况　岳阳　摄

养鸡场里,工人正在添加用构树制作的鸡饲料 岳阳 摄

作。仅彭塔乡的三个园区,就成功带动三个村六十六户贫困户脱贫致富,成为名副其实的"增收工程""富民工程"。

千百年来的一种"不材"之树,如今却能驱动一方经济,引导贫困人口脱贫致富,让田野里呈现新气象,长出新希望。

细数起来,身边的"不材"之物,应该还有许多。其实,那不过是我们以往的一种认识而已。要是改变观念,合理转换,加上合适的支撑,把更多"不材"变成"材",应该也有可能。

树犹如此,其实,事事如此。

【原载《人民日报》2019年11月25日第20版】

《构树扶贫记》微视频　　《构树扶贫记》音频　　《构树扶贫记》音视频

朗读：合肥市广播电视台　马　腾
AI合成主播　　　　　马晓腾

江淮八记

「安夫简」记

我小时候喜欢吹笛子，痴迷音乐。

1978年，湖北随州曾侯乙墓出土的"曾侯乙编钟"，曾让年少的我惊叹不已，却又大惑不解。

战国早期，2000多年前的整套编钟，居然有律名28个，阶名66个，构成十二半音称谓体系；音域有五个八度，比现代钢琴只少一个八度。音色优美，音质纯正，基调与现代的C大调相同，能演奏当代各种中外乐曲。

中国的礼乐文明与青铜器铸造技术，早在先秦时期就能出此旷世杰作，做工之精细，气魄之宏伟，完全超出我的想象和认知。

随着年龄的增长，以及重大考古

发现的不断涌现,远古先民的智慧和力量,一再让我感到困惑与震撼。

不久前,《安徽大学藏战国竹简(一)》新书发布会上传来的资讯,又一次让我目瞪口呆。

"关关雎鸠,在河之洲。窈窕淑女,君子好逑。"

这是《诗经》中的经典句子。

作为中国传统文化的核心文献,《诗经》等经典在春秋战国之前,就应该已经形成并流传了。春秋战国是中国历史上思想和文化最为辉煌灿烂、群星闪烁的时代。这一时期出现了百家争鸣的文化大繁荣局面,盛况空前,成为中国思想文化的一座高峰。

《诗经》,是中国最早的一部诗歌总集。它既是学乐、诵诗的教本,又是宴享、祭祀时的仪礼歌辞,也是外交场合或言谈应对时的称引工具。《诗经》在中国文学史上具有崇高的地位和深远的影响,奠定了中国诗歌的优良传统,中国诗歌艺术的民族特色由此肇端而形成。

汉代司马迁早就提出过"孔子删诗说"。专家们推测,在春秋晚期，《诗经》经孔子整理并已有定本，是有可能的。

可是，历史的长河，真的如江河，有时候也会断流。

秦始皇焚书，灭先代典籍，导致《诗经》等后世流传的经典中断了，有些甚至彻底失传了。

我们今天能看到的经典，大部分是由秦朝的士人依靠他们强大的大脑记下来的。可无论他们如何博学强记，毕竟时过境迁，整理出来的，终归不会完全可靠，甚至会有错讹。何况很多典籍都产生在秦"书同文"之前，各地的语言文字本身就有很大差异。

《诗经》到了汉初，才重新恢复整理出所谓齐、鲁、韩、毛"四家诗"。今人所读到的《诗经》实为汉人毛亨所传《毛诗》，但有的诗篇疑点重重，历代《诗经》训诂学者费尽周折，仍难达成共识。

要恢复先秦古籍、中国早期历史、中华古代文明的原貌，人们只能期待考古发现。

"安大简"《诗经》的发现，为破解流传过程中的一些疑难问题提供了可能。

2015年1月，一批流落到海外文物市场的战国竹简，被安徽大学入藏。这批竹简共有编号1167个，整简数量在900支左右。经北京大学加速器质谱实验室第四纪年代测定实验室的碳十四检测，以及国家文物局荆州文物保护中心化学检测分析，"安大简"的年代被测定为距今2280年左右，属战国早中期。其内容包含多种古书，目前初步认定的主要内容有《诗经》、楚史类、孔子语录和儒家著作类、楚辞类、占梦及相面类等。除《诗经》以外，其他文献多未曾流传于世。

学界一致认为，"安大简"是继"郭店简""上博简"和"清华简"之后，出土先秦珍稀文献的又一次重

尔禾三百囷可不獸不邏古詹尔廷又縣麝可皮君子可不索䋎可佃"䵼"毋䑕我粲三歲戀女莫【八十】

遅皮樂"或"爰叟我悥石"䵼"毋䑕我書三歲戀女莫我胃與遒猶违女遅皮樂"土"爰叟我所石"【八十一】

安徽大學藏戰國竹簡（一）·侯·伐檀 碩鼠　四三

安徽大學藏戰國竹簡（一）·侯·碩鼠 十畝之間　四四

大发现。

"安大简"《诗经》,是"秦火"之前的版本。共有编号117个,三道编绳,完简长48.5厘米、宽0.6厘米,每简27至38字不等,实际存简93支,简文内容为《诗经》国风部分,共存诗57篇,为目前发现的抄写时代最早、存诗数量最多的古本,同时也是未经后代改动过的较原始本子。与《毛诗》相比,"安大简"《诗经》各国风的排列先后与其不同,各国风内部所属诗篇排序和数量也与《毛诗》略有差异,而且存在大量异文。

前面提到的"窈窕淑女"中"窈窕",现在一般解释是指心灵仪表兼美的女子样子。但"安大简"《诗经》上,"窈"写作"要",即"腰"字初文,"窕"写作"翟",通"嬥"(tiǎo),组合在一起,形容女子身材苗条。

这很容易让人想到"楚王好细腰"的典故:

"昔者楚灵王好士细腰,故灵王之臣皆以一饭为节,胁息然后带,扶墙然后起。比期年,朝有黧黑之色。"

这些文字出自《战国策》和《墨子》,也是后世整理的,并非最初的原始文本。有意思的是，故事中讲的楚灵王，不是像人们想象的那样，好女子细腰，而是喜欢男士有纤细的腰身。

在《诗经》名篇《硕鼠》中，一般都将"硕鼠"翻译为"大老鼠"。"安大简"却将"硕鼠"写作"石鼠"，即"鼫鼠"，意为昆虫蝼蛄。

"安大简"《诗经》还原了诗的原貌。《毛诗》在流传过程中出现的不少改动和错讹，这次被检视出来，可以起到明辨前人是非、正本清源的作用，对诗意的理解也更加准确，更证明了《毛诗》等传本的真实可信。

司马迁一定没有见过"安大简"及其所记载的内容，写《史记》时，关于楚先祖历史的记录，存有一些相互矛盾、含混不清的地方。

恰好"安大简"中楚史类竹简占有很大的比重。关于楚早期历史传说的有关记载，是目前所知时代最早、最为完整系统的楚史资料。

"'老童生重黎、吴回'，《史记》将重黎、吴回当作两个人。"安徽大学汉字发展与应用研究中心主任徐在国教授说,"但'安大简'记载的却是'重及黎,吴及回',其实是四个人。"

"安大简"还揭示了季连就是前些年考古新材料中多次出现的一个人——穴熊。"穴熊"在《史记》里又称"鬻(yù)熊",根据"安大简"的记载,"季连""穴熊""鬻熊"其实就是同一个人的不同写法,学术界长期以来的困惑,根据"安大简"的楚史记载,迎刃而解。

楚国不是当时文明的中心,居然存有如此高深的古书经典,而且看起来它的存在还相当普遍。《诗经》的文学地位毋庸置疑,生活在当代社会的我,更关注的是它所反映的当时中国社会生活面貌,比如先祖创业的颂歌、祭祀神鬼的乐章、贵族之间的宴饮交往、劳逸不均的怨愤,以及劳动、打猎、恋爱、婚姻、社会习俗等等,既有画面感,又有仪式感,唯美动人,确实难以想象,甚至令人神往。

我家乡所在的湖北荆州,曾是楚国最强盛时期的都城郢都故址——"纪南城"之所在,且于此建都400余年。安徽大学的专家告诉我,"安大简"的出土时间、流散过程,如今已不得而知,但出土地点应该是在我老家。

到安徽工作后,就一直有人推荐我去寿县看看,那里是楚国最后一个都城——寿春,因而也有江汉流域谓之"楚首"、江淮地区谓之"楚尾"的说法。

我专程去看了位于寿县的芍陂,今名安丰塘,号称"天下第一塘",为楚国令尹孙叔敖主持修建的水利工程,历2500余年而不废,泽及后世,其效益至今有增无减;寿县李

安丰塘 林伟 摄

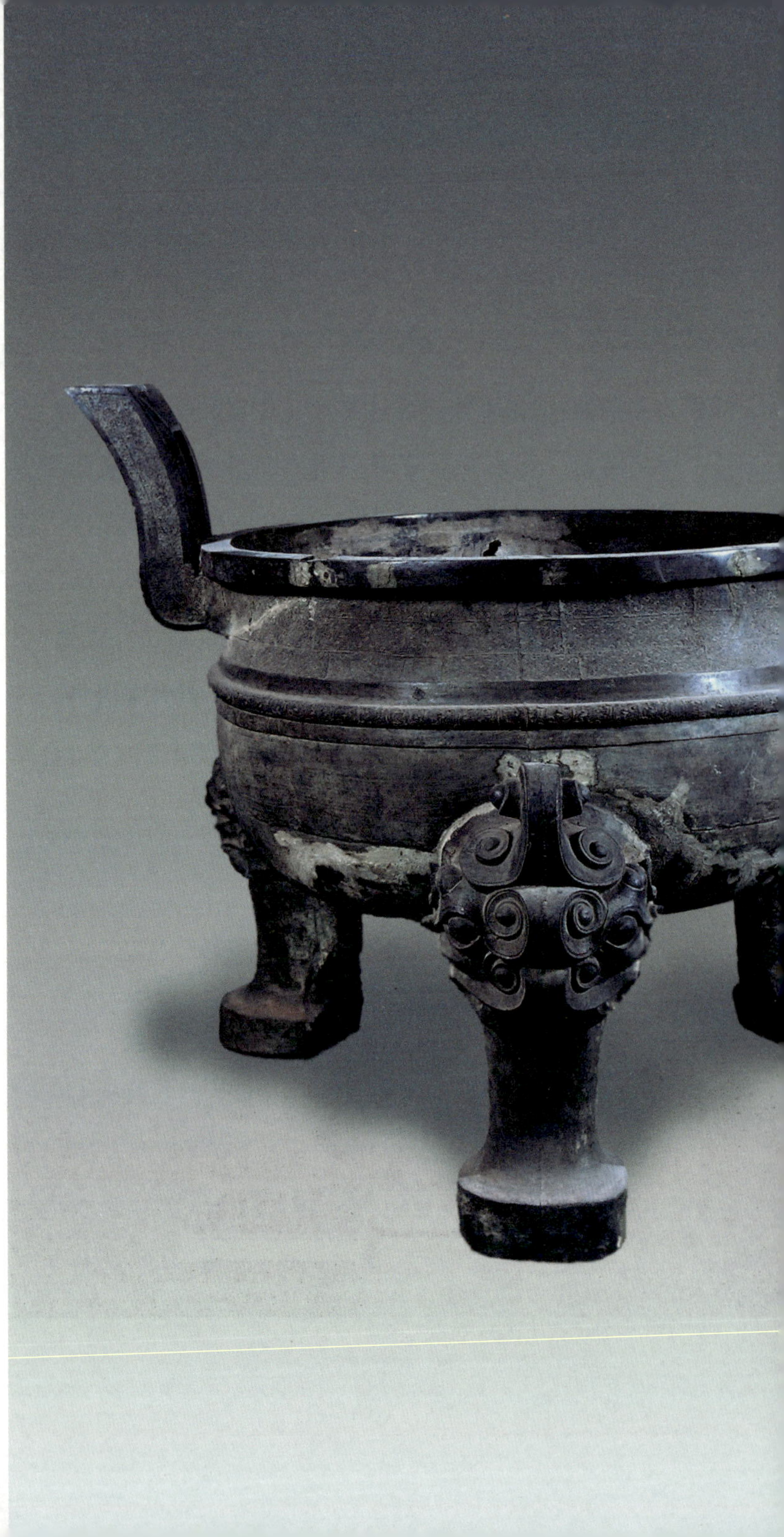

三古堆楚王墓出土的楚铸客大鼎，几乎可与安阳殷墟出土的后母戊鼎媲美；在寿县博物馆，更吸引我眼球的，是鄂君启金节，青铜铸造，仿竹节状，错金铭文，分车节和舟节，为楚怀王发给鄂君启从事水路运输、出入各路关卡特许免税的"通行证"……

每每面对这些文物，背后隐藏的已知和未知的海量信息，总让我感到汗颜和纠结，总不免陷入沉思：中国古代文明到底有多么辉煌与灿烂？从文化到科技，到底曾经达到怎样的高度、广度和深度？或者更具体一点，当时人们的生存和生活状态到底有多高级？

文物是无声的，但历史的碎片似乎总在给予一些暗示。

楚铸客大鼎 林伟 摄

鄂君启金节 林伟 摄

有人说，当一个社会的物质条件发展到一定程度，人们会越发渴求知道，我们是谁？我们从哪里来？我们又将走向何处？

至少在目前，这些都还无法完全知道，也没人可以准确回答。

正视历史，才能正视自己。如此看来，让人类认识自己的历史和创造的力量，在当前的确仍然是一件很紧要的事。

【原载香港《文汇报》2019 年 11 月 30 日 B7 版、12 月 3 日 A16 版】

《"安大简"记》微视频　　《"安大简"记》音频
朗读：中央广播电视总台　刘静

"安大简"简介

2015年1月,安徽大学从海外抢救回来一批珍贵的战国竹简。经检测,年代被断定为战国早中期。其内容涵盖了《诗经》、孔子语录、楚辞类、楚史类等多种古籍资料,其中有一些是已经失传的古籍。其学术价值巨大,堪称国之瑰宝。

在中国文字学会会长黄德宽教授、安徽大学汉字发展与应用研究中心主任徐在国教授的带领下,经过初步整理,"安大简"《诗经》的内容属《国风》,见于今本毛诗《周南》《召南》《秦风》《侯风》《鄘风》《魏风》。值得关注的是,《侯风》六篇属今本《魏风》,《魏风》中的大部分诗又在今本《唐风》中。黄德宽认为,《侯风》就是今本《王风》,但所收的诗与《王风》并不是一回事。这些将为研究十五国风的定名和其所涉的地域文化提供新的视角。

"安大简"中的楚史类竹简，根据字体和形制可分为两组。第一组竹简保存完好，残断情况较少，完简有300余枚。简文从"颛顼生老童"起到楚（献）惠王"白公起祸"止，记载了楚先祖及熊丽以下至惠王时期各王的终立更替和重大历史事件。据初步考证，这很可能是一部楚国官修史书。第二组数量相对较少，完简长34.5—35厘米，宽0.6—0.7厘米，简文书写较密，内容以楚国及相关国家重要史实为主。

记载楚史内容的"安大简"，不仅数量较多，且简文内容丰富、系统，有些可与传世文献互证,有些可补历史记载的缺失。据此,司马迁在《史记》中一些无法厘清的楚国早期历史、令专家困惑难解的新出材料,可以得到合理的解释。

楚的原始祖先是"五帝"之一颛顼的儿子老童。《山海经》中说"颛顼生老童",这老童为什么取名叫老童?没有人知道。但"安大简"不仅记录了"颛顼生老童",而且还描写说,这个老童生下来是满头白发,像个小老头儿。颛顼占卜得知这个满头白发的婴儿将会子孙繁衍兴旺,于是喜出望外,就给他起名叫老童。

此外,还有多篇儒家佚文、楚辞佚篇的发现,为先秦思想史、文学史的研究提供了珍贵材料。

2019年9月22日,《安徽大

学藏战国竹简（一）》在合肥发布，该书是"安大简"《诗经》的整理研究成果。黄德宽认为，"安大简"《诗经》的发现，将会对经学史、文献学史、古文字学、文学等多个领域产生重要的影响。山东大学文学院院长杜泽逊从文献学方面指出，"安大简"《诗经》是中国经学史上前经学时代极为重要的经典文本。北京大学中文系教授常森表示，"安大简"《诗经》的发现，意味着中国古典学的核心经典《诗经》的本体发生了深刻的变化。

随着"安大简"后续研究的逐一展开，相信在不久的将来，能够再现先秦部分历史的真实面貌，值得期待。

郭店简

　　1993年10月,湖北省荆门市博物馆对郭店一号墓进行抢救性清理挖掘。其中在一号墓头箱,出土了竹简804枚。竹简中包含多种古籍,其中三种是道家学派的著作,一种是儒、道共同的著作,其余多为儒家学派的著作。据考古人员的发现,这一古墓具有战国中期偏晚的特点。郭店一号墓虽曾遭盗墓,所幸被盗走的文物不多,而竹简几乎没有遗失。

上博简

　　1994年春,一批战国楚竹书出现于香港文物市场。上海博物馆斥资购回,第一批竹简有残简、完简共1200余枚。第二批竹简于1994年秋冬之际,在香港出现。此次由多位香港人士出资收购,捐赠给上海博物馆。第二批竹简共计497枚。巧合的是,第二批的竹简与第一批竹简的特征极为相似。经上海博物馆的测试与比较分析,两批竹简均为战国晚期楚国贵族墓中的随葬品。内容总共有80余种,包括原存书题20余篇。其中以儒家类为主,兼及道家、兵家、阴阳家等,多为传世本所无。

清华简

　　2008年7月，清华大学校友向母校捐赠2388枚战国竹简。竹简上记录的经、史类书，大多数前所未见。"清华简"里最重大的发现是《尚书》或《尚书》一类的书。一直以来，存在着古文《尚书》真伪的争论，在"清华简"发现了真正的古文《尚书》，明确地证明了"十三经"中流传的孔安国古文《尚书》是一个晚出的本子，使得伪古文《尚书》的论争问题得到了很好的解决。"清华简"中还有类似于《竹书纪年》的《系年》。它是由138枚简构成的完整长篇，共3875字，也是目前为止已发表单篇竹书中最长的古书。全篇内容自武王克商开始，一直写到楚悼王时期三晋与楚大战，楚师大败而归结束，是一部完整的、未见记载的先秦史书，与《春秋》经传、《史记》等对比，有许多新的内涵，其中属于春秋时期的章数最多，许多地方可以与《左传》对照，相互补充，也再次证明《左传》所记真实。

江淮公记

量子纠缠记

8

可能很多人都有过类似的经历：当一个人想起另一个人的时候，对方却能同时感觉到；突然感觉到有人要给自己打电话，结果电话很快就响了……

我们通常称之为"心灵感应"，两个人之间瞬间的信息传递就是如此微妙，只是长期以来，我们要么认为纯属巧合，要么干脆斥之为迷信、伪科学。

生活中的许多现象和奥秘，人类暂时还无法解释。好在，科学对一切未知的东西，并不轻易否定。

20世纪量子理论的出现，颠覆了人类对微观世界的很多看法。特别是量子纠缠理论的实验验证：具有纠缠态的两个粒子无论相距多远，

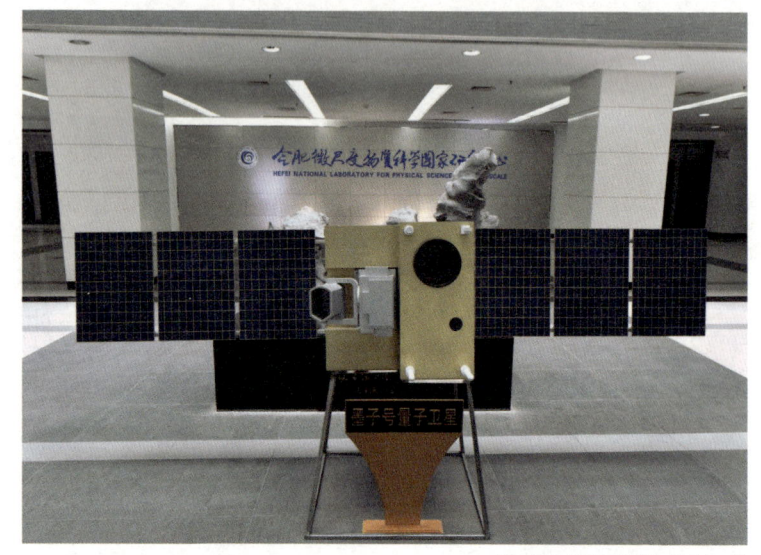

"墨子号"量子卫星模型　张大岗　摄

只要一个状态发生变化,另外一个也会瞬间发生变化——这不就非常类似于"心灵感应"吗?!

当然,这个实验不是为"心灵感应"做验证。但基于量子纠缠理论的量子通信,解决了人类保密通信的巨大难题。

2016年8月,中国成功发射"墨子号"量子科学实验卫星。作为航天大国,中国几乎每年都会成功发射几颗卫星,这次虽然不会再像当年发射第一颗人造卫星"东方红一号"

那样,出现举国欢庆的激动与兴奋,但在国际上仍然引起很大轰动。

"墨子号"是世界首颗量子科学实验卫星。国际权威学术期刊《自然》曾评价称,"国际同行们正在努力追赶中国,中国现在显然是卫星量子通信的世界领导者"。

量子通信是迄今唯一安全性得到严格证明的通信方式。

对保密通信的需求自古就有,且无处不在。大至国家安全、商业秘密,小至个人隐私,都无一例外地与此息息相关。

中学课本中有一篇大家熟知的课文《信陵君窃符救赵》,出自《史记·魏公子列传》,讲述魏公子信陵君盗魏王虎符、矫杀晋鄙、却秦存赵的故事。其中解决问题的死结,即中国古代的身份验证工具——虎符。

在中国古代,虎符乃兵甲之符,是古代皇帝授予将臣兵权和调兵遣将的信物。"虎符"分为左右两半,需调兵时,由朝廷使者持右半符前往,军队长官将右半符与左半符验合后,军队即按使者传达的命令行动。

古希腊斯巴达人使用的密码棒,也许是人类最早使用的文字加密解密工具：把长带子状羊皮纸缠绕在圆木棒上，然后在上面写字；解下羊皮纸后，上面只有杂乱无章的字符，只有再次以同样的方式缠绕到同样粗细的圆木棒上，才能看出所写的内容。

保密和窃密，自始至终纠缠不已。为了保密，人类不得不在加密技术上不断探索创新。从用纸笔或简单机械实现加解密的"古典秘法体制"，到莫尔斯发明电报实现加解密的"近代密码体制"，再到以电子密码催生的"现代密码体制"，不断攀升。

保密与窃密的攻防双方，基本都是在加密、破译的反复之中循环着。虽然机关算尽，但要确保保密通信万无一失，仍需绞尽脑汁。

现代密码体制中，无论是对称密码体制还是非对称密码体制，其安全性都是基于数学的复杂性，与计算机的计算能力相关联。20世纪90年代，随着量子算法的提出，人们意识到，量子计算机在并行运算上的强大能力，使它能快速完成经典计算机无法完成的计算，一旦研制成功，将对现行所有密码体制造成严重威胁。这话听起来不免让人胆战心惊。但量子保密通信技术,让人类看到了"永不泄密"的曙光,可以做到不可窃听、不可破译。

神奇的是,量子通信具备"反窃听"功能。利用光子的量子态作为密钥本身的载体,收发双方通过量子测量的方法,能够检测出这些光子在传输过程中是否遭到了窃听者的窃听。

除了量子保密通信外,量子通信中还有另一种应用方式,即量子隐形传态。量子隐形传态是利用已分发的量子纠缠,把粒子的量子状态传送至遥远距离。在量子纠缠的帮助下,待传输的量子态在一个地方神秘地消失,不需要任何载体的携带,以光速又在另一个地方神秘地出现,而且不是巧合。

《西游记》中的神仙、妖怪经常玩"失踪",孙悟空一个跟头就能翻出去十万八千里,现代科幻小说中描写的"星际穿越",以及武侠小说中的"乾坤大挪移",过去都只当是科学幻想。现在看来,这些不是不可行,而是有可能。

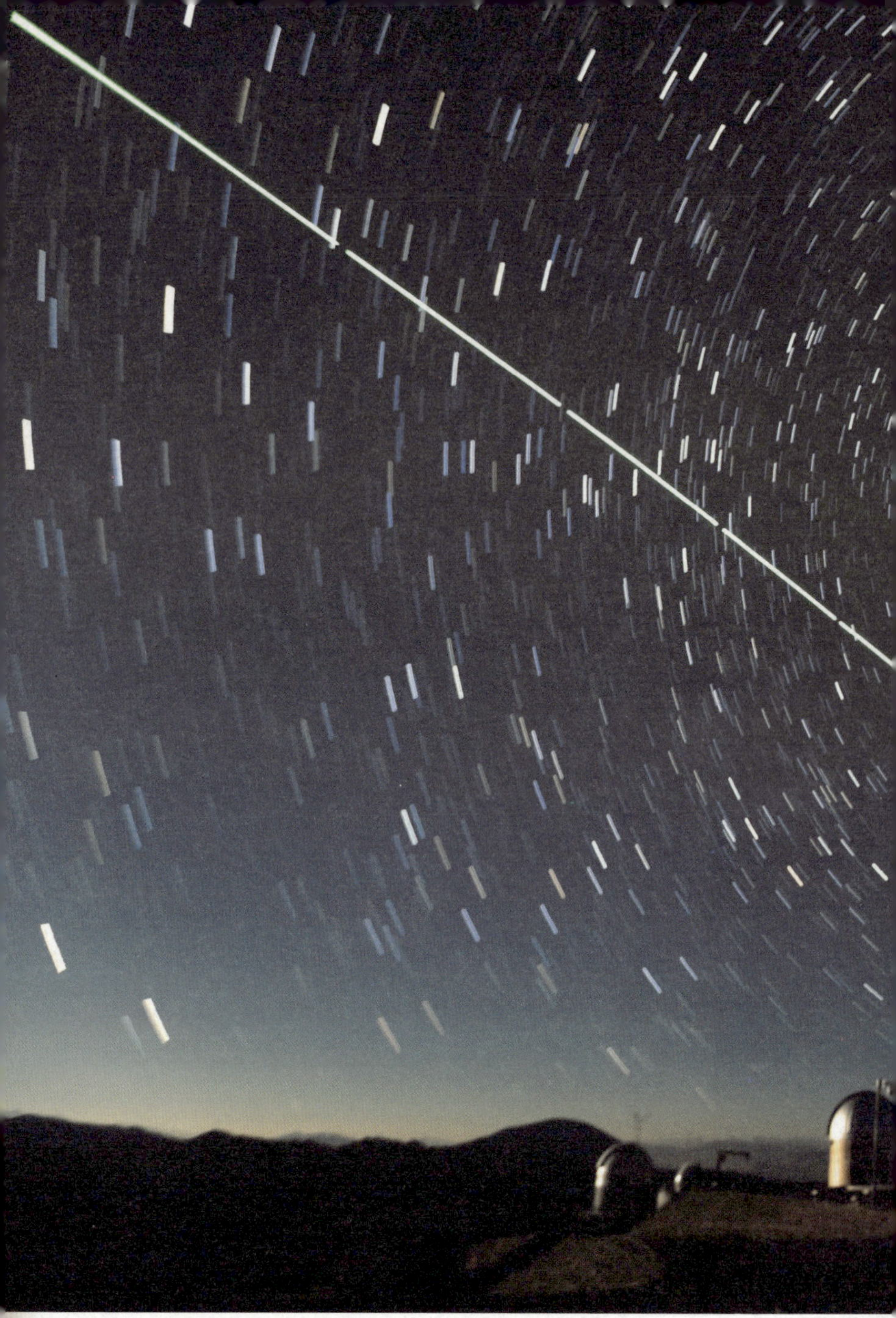

"墨子号"量子科学实验卫星与阿里量子隐形传态实验平台建立天地链路 中国科学技术大学提供

量子通信因其安全性和广阔的应用前景，很快成为国际上量子物理和密码学的研究热点，受到各国政府和相关研究机构的广泛关注。

　　1992年，美国和加拿大的科学家首次实现了世界上第一个量子密钥分发，传输距离32厘米，由此拉开了量子通信实验研究的序幕。如何大幅度提高量子保密通信的距离，成为重要研究方向，各国科研机构都竞相在这一领域发力。

　　1997年，奥地利蔡林格小组在室内首次完成了量子隐形传态的原理性实验验证；2004年，该小组利用多瑙河底的光纤信道，成功地将量子隐形传态距离提高到了600米。

　　正是在这个时候，潘建伟和他的研究团队，开始走进人们的视野。一系列骄人的研究成果，不断给人们带来惊喜。

　　1996年，从中国科学技术大学毕业的潘建伟，赴奥地利因斯布鲁克大学留学，师从量子实验研究领域的著名学者安东·蔡林格教授。1997年，还是博士研究生的潘建伟以第二作者身份发表了题为《实验量子隐形传态》的论文。这个实验，被公认为量子信息实验领域的开山之作。该论文与"爱因斯坦建立相对论"等划时代的论文一同被《自然》杂志选为"百年物理学 21 篇经典论文"。

潘建伟 1999 年博士毕业的时候,国内的量子信息研究还处于刚刚起步的阶段。2001 年,潘建伟在中国科学技术大学组建量子物理与量子信息实验室,经过 10 多年的努力,带出了一支声震国际的量子"梦之队"。

从 32 厘米到 100 公里,时间用了不到 20 年,却打开了量子通信走向应用的大门。2006 年夏,潘建伟小组和美国洛斯阿拉莫斯国家实验室—欧洲慕尼黑大学—维也纳大学联合研究小组各自独立实现了诱骗态方案,同时实现了超过 100 公里的诱骗态量子密钥分发实验。

由潘建伟任首席科学家的"墨子号"量子科学实验卫星成功发射后不到一年,2017 年 9 月,世界首条 1000 公里级量子保密通信干线——"京沪干线"正式开通。利用量子"京沪干线"与"墨子号"量子卫星的天地链路,中科院与奥地利科学院进行了人类历史上第一次洲际量子保密通信视频通话。

量子卫星与"京沪干线"　中国科学技术大学提供

　　2019年8月15日,国际权威学术期刊《物理评论快报》报道,中国科学家潘建伟研究团队在国际上首次成功实现高维度量子体系的隐形传态。美国物理学会等发表评论称,这一成果为发展高效量子网络奠定了坚实的科学基础,是量子通信领域的一个里程碑。

值得一提的是，2017年5月3日，潘建伟团队宣布，利用高品质量子点单光子源，构建了世界首台针对特定问题的计算能力超越早期经典计算机的光量子计算原型机。这意味着，量子计算的技术发展相当迅猛，诞生可以破解经典密码的量子计算机，也许并不遥远了。

潘建伟说："我们正处在一个不断实现和超越梦想的光荣时代。"这种信心和情怀，让人敬佩，令人期待。

道高一尺，魔高一丈。科学发展到今天，人类看到的世界，仅仅是整个世界的一小部分。人类未知的世界，多到难以想象。现在也许可以说，量子保密通信能做到"永不泄密"，但在未来呢？

大胆假设，小心求证。探求未知的梦想，才是人类前进的动力。科学正是在不断怀疑、假设、证实、否定中不断发展的。

应该向那些执着于探知未来的人致敬。古往今来，正是因为有了他们，如潘建伟团队那样，始终锲而不舍地在与"量子们"的"纠缠"中，追逐梦想，揭示世界奥秘，展现神奇

全球首个规模化量子网络：合肥城域量子通信试验示范网概貌　中国科学技术大学提供

力量，才能让人类不断拓展所能认知的更广阔疆域，奔向原本以为遥不可及的远方。

【原载《人民日报》（海外版）2019年12月16日第7版】

《量子纠缠记》音频
朗读：中央广播电视总台　姚科

物色尽而情有余

韩 露

《文心雕龙·物色篇》中指出："写气图貌，既随物以宛转；属采附声，亦与心而徘徊。"盖作家写气图貌属采附声之际，只有心随物宛转而物亦与心徘徊，才能"以少总多，情貌无遗"。1500多年前，伟大的文学评论家刘勰所揭示的文学创作规律，即只有做到心物交融、主客契合，才能达到"情貌无遗""物色尽而情有余"的艺术效果，已经一再被无数优秀的文学作品所印证。

斯雄所著《徽州八记》，虽寥寥八记，却以少总多，既充分展示出八百里皖江水、七千万江淮人的政治、经济、科技、历史、山川、人文、艺术和精神风貌，又完美表达了作者对江淮大地深入的了解、深沉的热爱和深刻的思考。

"以少总多",必然要求选材严,作者必须选取有代表性的描写对象。《徽州八记》的选材是严而又严的。《凌家滩记》介绍含山县距今5000多年前新石器时代晚期遗址所代表的"凌家滩文化",特别是其玉文化蕴含的中华文化礼制规范的博大精深。《小岗村记》记叙了凤阳小岗村民率先在全国实行包干到户,拉开中国农村改革第一幕的壮志豪情,赞美了江淮儿女敢为天下先的历史使命感和时代担当精神。《淠史杭治水记》和《科学岛记》则以浓墨重彩之笔,抒写安徽淠史杭水利工程和中科院合肥研究院的科技创新,前者是安徽劳动人民自力更生、艰苦奋斗创建的治水奇迹,后者是安徽科技工作者在"科学岛"攀科技高峰、为华夏争光的华彩乐章。一唱三叹的《石牌记》和《花戏楼记》,分别讲述中国戏曲之乡怀宁县石牌镇哺育出"京剧之父"徽剧、名扬海内外的黄梅戏及亳州花戏楼砖雕木雕彩绘"三绝"艺术的传奇故事。

"情貌无遗",必然要求开掘深。选材严和开掘深有机结合，才能"以少总多，情貌无遗"，才能以点带面，由个别上升到一般。颇具怀古幽思的《琅琊山记》本意并不是怀古，它既对安徽山水的人文底蕴大加称颂，更对欧阳修治理滁州的"宽简之策"击节赞赏，以民为本的执政理念值得后来治滁者三思。《大通记》虽然惋惜昔日"小上海"的繁华不再，但由此而萌生的"通于大道、顺应自然"的彻悟，却是具有普遍意义的"物事如此，人与人生，亦大抵如此"。《凌家滩记》以大量出土文物，事实胜于雄辩地证明安徽历史文化的灿烂久远，作者还进一步思考人不能简单停留在今不如昔或者昔不如今的片面武断思维中。《渒史杭治水记》对"人定胜天"穷本溯源的思考，则具有正本清源的意义。人类唯有积极探寻宇宙奥秘，掌握自然规律，才能"制天命而用之"，绝不能机械地理解"人定胜天"，更不能违背客观规律办事。

正如黑格尔在《美学》中所论述的："在艺术里，感性的东西是经过心灵化了，而心灵的东西也借助感性化而显现出来了。"安徽历史的灿烂久远，江淮儿女的时代担当，八皖山水的文采风流，江边小镇的繁华新梦，大别山区的全国之冠，大湖名城的科技创新，戏曲之乡的矢志坚守，艺术世界的人生追求，这就是《徽州八记》所传扬的徽风皖韵。江淮大地的八个景观被作者心灵化了，而作者的所思所想，也借助着意选取的对象而显现出来。这就是《徽州八记》的"艺术"——"物色尽而情有余"。

《徽州八记》所写更侧重于安徽的"物"，作者不妨进而撰写《徽州八记》的姊妹篇，侧重于写江淮儿女的壮丽风采，写出安徽的"人"——"人"与"物"相互映衬，会更相得益彰。

【原载《人民日报》（海外版）2018 年 8 月 31 日 第 7 版】

《徽州八记》：时政记者笔下温暖而亲切的土地

祝华新

全国性媒体的地方记者，对驻扎地的感情，是一个有趣的话题。

人民日报社老记者吴兴华，在家乡湖南记者站期间发表过不少舆论监督报道，是新闻界凤毛麟角的全国劳模，虽已退休多年，其湘人的耿直至今被地方传诵。

人民日报社西藏记者站首席记者卢小飞，1989年初亲历了拉萨骚乱事件，冒着生命危险深入现场采访，发回大量独家新闻和内参。退休后在家做了外婆，还是与老伴一次次回到魂牵梦萦的雪域高原。

上海分社融媒体工作室@大江东，由五十开外的才女记者李泓冰打理，一篇篇网络热传报道，洋溢着海派的温婉灵动。东航的机舱广播词，华山医院建院100周年的碑文，大家自然而然地想到请李泓冰捉刀。时任上海市市长接受了她的视频访谈出来，称这是谈得最尽兴的一次。

湖北人朱思雄，就任人民日报社安徽分社社长后，对这片"温暖而亲切的土地"，也产生了日常新闻报道之外的观察记述乐趣。

中国改革从安徽起源，凤阳小岗村农民的包产到户，撼动天下。据说20世纪70年代末，在苏徽省界，江苏人架起高音喇叭，批判安徽农村"资本主义复辟"。

然而，在全国卷入市场经济后的万马奔腾中，安徽受经济实力的限制，经济发展步履稍滞后。但毕竟是文化底蕴深厚的省份，古徽州"八分半山一分水，半分农田和庄园"，"暧暧远人村，依依墟里烟"，人文遗迹民俗黄梅戏散布其间，令人盘桓不去。

朱思雄到任后，很快走遍全省16个地市，整版报道《滁州 两任市委书记落马之后》《黄梅戏 走在窄窄的田埂上》发出之后，总觉得有些不甘心，"还有那么多题材素材激荡着我，还有好多思绪情感要表达、要传递"。于是，在工作之余，写就游记散文集《徽州八记》，包括《琅琊山记》《凌家滩记》《石牌记》《大通记》《小岗村记》《浔史杭治水记》《科学岛记》和《花戏楼记》，署名"斯雄"。

在含山县凌家滩文物陈列馆，首先吸引朱思雄的，是一把5000多年前的温润亮泽的玉勺。朱思雄问："5000多年前的先民使用勺子也和我们现在一样，主要是用来喝汤的吗？"解说的姑娘听后笑了，说在周代已经形成礼制规范，"饭黍毋以箸"，就是说用筷子吃米饭米粥是越礼的行为，一定得用"匕"即勺子。凌家滩可能是有了初步礼制的社会。（《凌家滩记》）

朱思雄信手拈来一把玉勺，就为安徽的历史悠久正名、扬名！

安徽商埠众多，铜陵大通镇曾与芜湖、安庆、蚌埠并称"安徽四大商埠"。党报分社社长在古镇采风，不避琐细记载了当年"码头文化"的市井繁华：

一舍不得和悦洲上的花花世界；

二舍不得关门口的鲜鱼、小菜；

三舍不得"生源"茶干一个铜板一块；

四舍不得"万春"的瓜子一嗑两开；

五舍不得"兰芝茶室"的包子和烧卖；

六舍不得洄字巷的姑娘拉拉拽拽；

七舍不得"八帮大会"上的千奇百怪；

八舍不得五月端午的龙舟竞赛；

九舍不得鸦片烟馆的殷勤招待；

十舍不得长龙山上的黄土一块……

(《大通记》)

历史教科书说,明清已有资本主义的萌芽,这萌芽首先在安徽破土而出。京剧的鼎盛,鄱乡扬州的繁华,扬州八怪搅动画坛,都离不开徽商的鼎力支撑。徽商兴盛三百年,直到江浙财阀后来居上。

在黄梅戏之乡怀宁县石牌镇,朱思雄意识到:黄梅戏乃至整个地方戏曲,都处在"保护""振兴"声中,有政策扶持,有资金支持,有节庆帮衬,可我还是心结难解:它们会否如金鸡碑那样,最终还是逃脱不了"活化石"的窠臼?不过,世间但凡心之所向之事,总是需要有情怀敢担当的痴情者,单纯而执着,不惮付出有坚守,虽九死其犹未悔,期待凤凰涅槃。即使最终真的无改,至少可以无愧无憾。(《石牌记》)

这样的通达洒脱,文如其人。

《徽州八记》也有现代篇,如访问合肥的两座"大科学装置",即世界上第一台非圆截面全超导托卡马克实验装置,继美国、法国、荷兰、日本之后世界上第五个"稳态强磁场实验装置"(好拗口!)。忽然有人用合肥话提议:"我们在'大装置'前合个影,可照?"众人皆言:"照,照!"朱思雄写道:"不知怎的,在相机的咔嚓声中,我有一种想唱国歌的冲动。"(《科学岛记》)

这不是矫情。

朱思雄走过不少边海防,感觉要培养爱国情怀,就到边海防去——站在边海防前线,一种庄严和神圣油然而生,对祖国的感情必定瞬间提升。当中美经贸摩擦的边际效应蔓延,华为、中兴这样的高科技公司,中国留学生出国进修和回国创业频频受到打压时,我们更加深切地体会到科技自主创新的极端重要性。进入2019年,面对"难以想象的惊涛骇浪",恐怕很多中国人都会与斯雄有共鸣。

难怪安徽省委常委、宣传部长虞爱华称,《徽州八记》表现了斯雄先生走基层的脚力、看问题的眼力、想问题的脑力、写作品的笔力,是"我们安徽最好的外宣产品"。

有人注意到,脚力、眼力、脑力和笔力这"四力",正是习近平总书记在2018年全国宣传思想工作会议上的要求。从这个角度看,《徽州八记》未尝不是党报记者下基层腿上有泥"走转改"的可观成果。

从2019年1月25日高层集体学习选择人民日报新媒体大厦,人们对人民日报社作为媒体融合的样板间印象深刻。正如习近平总书记所言:"人民日报社已经有十多种载体,是影响力最广泛的时期了,从中可以看到科技发展的力量,也可以看出主流媒体回应时代挑战的努力。"

遵照编委会的统一部署,安徽分社也推出不少融媒体作品。《徽州八记》集文字、摄影、朗读有声版、微视频等几乎现有的所有传播形态于一体。扫描该书二维码,可以收听国内知名主播和艺术家的朗诵,他们是陈晓琳(广东广播电视台)、姚科(中央人民广播电台)、俞虹(安徽广播电视台)、韩再芬(著名黄梅戏表演艺术家)、弥亚牛(中国国际广播电台)、肖玉(中央人民广播电台)、任良韵(安徽广播电视台)、李羚瑞(中央人民广播电台)。截至去年5月,八篇文章仅微信阅读量累计近一亿人次。

可能有人担心,记者写文学作品,是不是不务正业?其实,在本报和整个新闻史上,记者展示文学史学才华并不是孤案。本报老社长邓拓的《燕山夜话》《三家村札记》斐然于世,展示了党的新闻工作者忧国忧民的炽热情怀;文艺部老主任袁鹰(田钟洛)的散文《青山翠竹》入选中小学语文课本(改为《井冈翠竹》);刚退休的文艺部记者李辉,大部头文学家传记《胡风集团冤案始末》《沈从文与丁玲》《萧乾传》等,为本报在中国知识界赢得了声誉。甚至连80年代的副总编辑范荣康,一生撰写、修改党报评论无数,但个人署名的作品少之又少,1984年参加"武陵笔会",偶然留下散文式新闻特写《湘西山区的呼喊》,让同事和读者一新耳目。夜宿黄龙洞附近农民家:"碧空高远,青山染黛,小小的村庄笼罩在宁静的暮色中。远离喧嚣的京都,来到这偏僻的所在,真有'返璞归真'之感。"

朱思雄的《徽州八记》,通篇都是老范这般白描式的优美文字,很难想象是出自写惯了体制内文案的党报笔杆子之手,窥斑见豹,足见其几十年媒体生涯深厚的笔力。

【原载人民网传媒频道 2019 年 3 月 21 日】

《人民日报》记者写了本融媒体书，单篇全网阅读量3000万+

宋 婧

"新闻讲究写实和纪实，务求客观真实；文学讲究描白和留白，追求意象和想象。有差别差异，更有相通之处。"跳出小我看世界，于差别与相通之处做文章，记者也能创作出践行"四力"，深度融合的文学作品。

记者如何创作文学作品？文学作品又如何做成融媒体产品？

6月5日，《传媒茶话会》对话人民日报社安徽分社社长朱思雄（笔名"斯雄"），向您讲述"融媒体书"——《徽州八记》创作背后的故事。

报道之外的发挥

记者的主业是采写新闻,但写好新闻报道之外,其实应该还有很多发挥的空间。

"刚开始,因为工作需要,写正风反腐促发展,连续3次去滁州,看了那里的琅琊山、醉翁亭,还有'中国改革第一村'小岗村;写黄梅戏,四下安庆,知道那里有金鸡碑,有石牌镇……整版报道《滁州 两任市委书记落马之后》《黄梅戏 走在窄窄的田埂上》发出之后,总觉得有些不甘心,还有那么多题材素材激荡着我,还有好多思绪情感要表达、要传递。"人民日报社安徽分社社长朱思雄在《徽州八记》的自序中回忆道。

忽然有一天,朱思雄想到了柳宗元,想到了他的《永州八记》——借山水之题,以文墨自慰,发胸中之意。

"记",是古代的一种文体。可以记人记事,记山川名胜,记器物建筑等,以记述为主而兼有议论、抒情,阐发作者的感情或见解,托物言志。朱思雄当即决定:"假使写一组类似《永州八记》的游记,岂不正合我意?!"

可起笔又犯踌躇,题目叫什么"八记"呢?

朱思雄告诉《传媒茶话会》:"本来可叫《安徽八记》,虽然准确,总觉得缺少点什么东西。最终确定叫《徽州八记》,主要是考虑:在一般人特别是外省人心目中,徽州就是安徽的代名词,并不是狭隘地局限于古徽州的那一片地域;'徽州'二字,本身就有足够的名气和文气。"

2017年初,到安徽工作一年多之后,朱思雄开始《徽州八记》的写作,以游记散文的形式给报纸副刊供稿。

增强"四力"的力作

2017年3月25日,《徽州八记》以《琅琊山记》开篇,在《人民日报》首发。随后《凌家滩记》《石牌记》《大通记》《小岗村记》《浔史杭治水记》《科学岛记》《花戏楼记》在《人民日报》《人民日报》(海外版)《光明日报》、香港《文汇报》《大公报》陆续推出,最后由安徽文艺出版社结集出版。

2018年5月24日,《徽州八记》新书发布会在安徽图书城举办。

安徽省委常委、宣传部长虞爱华说:"盼望已久的《徽州八记》今天正式出版发行,这是安徽宣传工作一件有意义的事。斯雄先生到安徽工作以后,以宣传安徽为己任,以服务安徽为职责,为宣传安徽做了大量工作。他在工作之余写出的《徽州八记》,不仅展示了斯雄先生正确的政治方向、舆论导向、新闻志向、工作取向,而且体现了斯雄先生走基层的脚力、看问题的眼力、想问题的脑力、写作品的笔力。《徽州八记》是宣传安徽且深受读者欢迎的一种有效形式,期待斯雄先生写出'新八记'。"

"好的作品,一定是增强'四力'的结果。"朱思雄告诉《传媒茶话会》。

从琅琊山、凌家滩、石牌镇、大通镇到小岗村、渼史杭、科学岛、花戏楼,即使作为记者,要客观描写"安徽八景",仍然要下很大功夫。因为陌生,可能冷眼而独到,却也难免盲人摸象、以偏概全。即使是同一处地方,也需一而再再而三地寻访,不断归纳提炼,还要不事雕饰,力求准确凝练,富有美感。

为写好《淠史杭治水记》，朱思雄告诉《传媒茶话会》，他在半年之内曾六下六安，踏遍六大水库，从渠首到渠尾反复地走，从安徽境内一直走到河南的固始。

"淠史杭灌区工程是新中国成立后建设的最大的水利工程，但很多人并不知情。光讲它'人定胜天'的过去，就已经够'伟大'的了；如果仅仅停留在这一点，自然是远远不够的。事实上，进入新时代，淠史杭灌区工程已经由原来单纯的水利工程，演变成为生态文明建设工程，因它而造就了'绿水青山就是金山银山'，其作用其效能，完全超出人们的想象。"朱思雄向《传媒茶话会》介绍道。

"融媒体书"的"样书"

"最初策划酝酿写作《徽州八记》时，还只是考虑出版传统的纸质书。后来，忽然有一天突发奇想，觉得每一记文字版出来后，假如再请播音大家朗读一下，做成有声版，应该更有传播效果、更有意思。"朱思雄告诉《传媒茶话会》。

于是,《徽州八记》的每一记都有两个版本,模式固定:"荐读 | 斯雄《某某记》"和"为你朗读 | 斯雄《某某记》"。朱思雄先后请到多位国内顶尖主播制作朗诵版,比如:广东广播电视台陈晓琳、中央人民广播电台姚科、安徽广播电视台俞虹、当今黄梅戏领军人物韩再芬、中国国际广播电台弥亚牛、中央人民广播电台肖玉、安徽广播电视台任良韵、中央人民广播电台李羚瑞……声情并茂的朗诵版,起到意想不到的传播效果,甚至可以说赋予了《徽州八记》新的生命。

在新媒体时代,推送传播的渠道和平台,几乎具有决定性意义。《徽州八记》每一记的推送传播,都是先在报纸副刊刊发,作第一次传播;然后是网站、客户端、微信、微博、微信公众号推送,作第二次传播;朗读版出来后,再由新媒体作第三次传播。

"平台传播+名人的粉丝效应",带来更大的威力。安徽安庆市的石牌镇,被称为中国戏曲的发源地,与黄梅戏自然有不解之缘。朱思雄写作的《石牌记》,先是从黄梅戏切入,最后上升到地方戏曲的保护与发展。

朱思雄向《传媒茶话会》介绍道："韩再芬看到《石牌记》后，十分激动和感动，主动请缨要为《石牌记》配音朗读版。一番谋划之后，意外地决定请韩再芬用她的家乡话——安庆话朗读。这款韩再芬安庆话版的《石牌记》推送后，立刻在网络和新媒体上燃爆了，特别是把韩再芬的万千粉丝深深地迷住了，居然成为令人津津乐道的谈资。"

《徽州八记》文字和朗读版推出后，又拍摄了微视频。

"全媒体化是世界范围内传媒业的趋势，适应趋势首先要改变思维，媒体融合是时代的必然选择。媒体融合发展没有既有的模式，传媒业界都在不断探索，寻求创新。从某种程度上讲，《徽州八记》是融合发展的一种创新和突破，它虽然是一本纸质书，却又是一款独一无二的融媒体产品，集文字、摄影、朗读有声版、微视频、二维码等几乎所有现有的媒介传播形态于一体，充分运用报、网、端、微、屏等所有的融合传播平台和渠道进行广泛推送，最后由出版社结集成书。'八记'的音频现已挂在知名的音频网站上。"朱思雄告诉《传媒茶话会》。

适应了当下的融合传播潮流,《徽州八记》阅读量一直呈几何级增长。

第一记《琅琊山记》推送后,网络阅读量迅速突破100万;《大通记》推送后,全网阅读量达1000万+;《科学岛记》再创新高,全网阅读量达3000万+……截至2017年12月底,"八记"累计网上阅读量就已过亿次。

"过去讲新闻是'易碎品',但《徽州八记》自推出以来,网上点击量至今仍在不断攀升。"朱思雄告诉《传媒茶话会》。

2019年5月16日至20日,在第十五届中国(深圳)国际文化产业博览交易会上,《徽州八记》出现在安徽馆的展台上。下方推介小字告诉我们:"安徽文艺出版社出版的《徽州八记》多媒体书,打破了常规纸质书的形式,文字配有音频、视频,扫一扫书上的二维码,就能收听文化名人的朗读音频,感受独特的徽风皖韵。扫码还能观看该书的同步纪录片。"

地方外宣的期许

记者创作文学作品？

朱思雄告诉《传媒茶话会》："新闻讲究写实和纪实，务求客观真实；文学讲究描白和留白，追求意象和想象。有差别差异，更有相通之处。"

说到《徽州八记》的创作，朱思雄告诉《传媒茶话会》："我一般都是从三个方面要求自己。第一，文章要有美感，文字干净精练，尽量有画面感，让人读着舒服，有美的享受；第二，要有知识性，信息量尽可能大些，让人读后总能有些收获；第三，要有思想性，立意和站位要高，从具体的事物中跳出来，悟出一定道理和哲理，能够给人以启发。具备此三要素，读者才会愿意读，作品也才会耐读。"

作品要有温度，笔锋常带感情。"精骛八极，心游万仞。在这片温暖而亲切的土地上，确实让我有'观古今于须臾，抚四海于一瞬'的豪情和乐趣。"朱思雄告诉《传媒茶话会》，"如果《徽州八记》可以看作是对安徽的一种推介的话，那将是我的荣幸。我自认义不容辞，并将继续不遗余力，每每胜日寻芳,赏无边风景。"

《徽州八记》出版后,安徽这八处地方的知名度大幅提升,持续发酵,外宣影响延续至今。这确实也让安徽很多地方和很多人对作者充满新的期许。

朱思雄告诉《传媒茶话会》:"《江淮八记》[①]从去年11月已经开篇,依然聚焦江淮大地,触摸安徽强劲的脉搏。目前已经推出《宣纸记》《桃花潭记》《中都城记》三记,全部按融媒体产品模式打造,文图、朗读音频、微视频同步推出,《中都城记》的网络点击量已过600万。剩下的几篇业已基本成型,传播方式仍然是动用所有的传播形态和传播渠道全媒体立体推送。《江淮八记》仍将是一部融媒体书,力争在今年国庆节前结集出版,作为给新中国成立70周年的献礼,期待大家的关注。"

---

① 原文为《新·徽州八记》,收入本书时已改名为《江淮八记》,下同。

《传媒茶话会》评论

过去的记者有写"记者手记""记者札记"的好传统,"记者出门跌一跤,也抓一把土",就出自新闻界前辈梁衡先生的《记者札记:没有新闻的角落》一书。

人民日报社安徽分社社长朱思雄的《徽州八记》可不可以看作饶有兴味又不无新意的记者手记呢?看似写人文地理游记,实则从一名记者的角度观察社会,格物致知,耐人寻味。再加上灵活运用全媒体传播手段,让不是新闻的一地游记,达到了胜似新闻的外宣传播效果。这一切在意料之外,却又在情理之中。

如果说记者札记往往能对新闻采访业务起到指导作用,那么朱思雄的这本融媒体书对提升记者"四力",增强媒体传播力也是一次积极的探索。

——《传媒茶话会》总编辑 陈银峰

【原载《传媒茶话会》微信公众号 2019 年 6 月 17 日】

后记

今年 7 月，应中国记协的邀请，回北京做了一次讲座，给我出的题目是《一亿+的融媒体书是如何写成的》。

《徽州八记》推出后，全网点击量达到一亿+。能有如此好的传播效果，我在讲稿中把它归结为四个"+"，即报道+、"四力"+、融合+、期许+。

《徽州八记》如此，《江淮八记》亦如此。

细细想来，确实有两个没有想到。

一是没想到报道之外的作品的影响力，能有如此之大。

新闻作品，大多是看完就过去了，一般不会回过头再看，包括作者自己。"八记"和"新八记"里的文章推出后,一两年的时间里,居然还能被人经常提起。从实际效果看,《徽州八记》《江淮八记》推出后,确实让所写之处知名度大幅提升,影响延续至今。作为作者,倍感欣慰。六安市委的领导告诉我,《构树扶贫记》推出后,国家发改委、国务院扶贫办专门派员到六安调研,对六安以龙头企业带动构树扶贫产业的模式和成效,给予充分肯定。

铜陵的大通镇,过去很多安徽人都不知道有这么个地方。《大通记》推出后,铜陵市的领导告诉我,现在到大通招商的多起来,而且客商来后,也不用再费尽口舌去介绍,直接把《大通记》复印给对方,就可以了。

淠史杭、凌家滩、石牌镇、大通镇、桃花潭、中都城、杏花村等这些地方,如果不是专业人士,别说是外省人,就是安徽本地很多人都并不很了解。现在这些地方游客明显多起来,而且很多据说就是看了八记的相关篇章,才慕名而去的。

一些地方的领导甚至主动邀请,并明确讲,这次请你来，不一定是写新闻报道，最好是写后发在副刊上的作品，像《徽州八记》那样的，既耐读，影响也久远。

还有文旅公司表示，准备根据"八记"设计文旅线路：名曰"八记游"，大巴车接送，游客拿着书，按图索骥；设计生产文创产品，比如印有"徽州八记""江淮八记"标识的书包、茶杯；等等。不过，这些完全超出了我的期望和能力所及。

二是没想到融媒体产品的传播力，能有如此之广。

韩再芬安庆话朗读版《石牌记》推送后，立刻在网络和新媒体上燃爆，特别是把韩再芬的万千粉丝深深地迷住了，居然成为令人津津乐道的谈资。一直到现在，经常有读者和我聊《徽州八记》，聊着聊着就会冒出一句，"韩再芬用安庆话朗读的《石牌记》，听着特别过瘾"。

全媒体化是世界范围内传媒业的趋势，适应趋势首先要改变思维，媒体融合是时代的必然选择。某种程度上讲，"八记"是融合发展的一种创新和突破，它们虽然是纸质书，却又是独一无二的融媒体产品，集文字、摄影、朗读有声版、微视频、二维码等几乎所有现有的媒介传播形态于一体，充分运用报、网、端、微、屏等所有的融合传播平台和渠道进行全媒体推送。因为适应了目前流行的融合传播潮流，《江淮八记》全网阅读量一直呈几何级上升。

我很清楚，"八记"作为融媒体书，能取得这样的反响，并不是因为我个人有多少过人之处。最最重要的是因为我是人民日报社记者，有人民日报社这个大的平台，才让我有了可能施展的空间。人民日报社在媒体融合发展上一直走在全国媒体的前列，"八记"的融媒体推送，如果没有人民日报社强大的传播平台和推送渠道，是不可能有如此好的传播效果的。

隔行如隔山。做朗读版，对我来说是完全陌生的。中央广播电视总台央广王大民先生、贾际先生、小曾女士、刘静女士、姚科先生，央视彭坤女士，安徽广播电视台闻罡先生，合肥广播电视台马腾女士，先后为《江淮八记》配音。他们磁性又极富感染力的声音，让作品呈现出不一样的魅力。

创新没有止境。合肥市广播电视台和科大讯飞联手打造的 AI 合成主播马晓腾，靓丽外形和美妙声音，来自于合肥广播电视台新闻联播主播马腾的新闻播报影像，而身体机能则是由科大讯飞的最新技术所创造。只要输入文本内容，马晓腾就能像马腾一样，以真人般自然的形象、语音流畅播报新闻。受此启发，《构树扶贫记》的朗读版，以"'真假主播'为何争诵这篇《人民日报》美文？"为题，同时推出马腾朗读版和马晓腾朗读的微视频，PK（对决）的结果燃爆网络。

"八记"之中，不写首府合肥，会是一个缺憾。合肥从原先的"小县城"蝶变成如今的"霸都"，科技创新的助力功不可没。《徽州八记》写了合肥的"科学岛"，《江淮八记》仍有许多合肥创新的题材可写，权衡之后，最终确定写与国计民生皆有关联的尖端科技——"量子保密通信"。可这个题材过于专业和深奥，我完全不懂，为此还专门从网上购买了一本专业教材《通信保密技术》，反复研读，仍然一知半解。《量子纠缠记》成稿后，延请量子领域的顶尖专家、中国科学技术大学潘建伟教授拨冗审定。潘先生的审改，完美体现出科学家的专业和严谨，文字之精准，让专吃文字饭的我获益多多，自愧弗如。

写作是个力气活儿。文章写多了，胆子越小，率尔操觚的事反而少了。写宣纸，酝酿已久，此前已多次作为陪同前往参观，大多走马观花。真要动笔了，发现其实对宣纸了解很不够。于是先后三次去泾县，不光去中国宣纸股份有限公司，还专门找了4家小型民营宣纸厂实地考察，现场体验宣纸制作技艺，并前往宣纸发源地小岭，沿山坡蜿蜒而上，看蔡伦祠。为写好构树和中都城，先后四次分别去六安和凤阳，初稿出来后，又再次去现场找感觉，反复打磨，直到满意为止。

每写一记，都得到当地宣传部门的大力支持。每到一地，总是先看当地的方志和文史资料，已然成为一种习惯。书中所配图片，均为当地宣传部门精选推荐的，在此一并致谢。

《江淮八记》的成功推出，同样凝聚了很多人的心血和智慧。衷心感谢我的同事董宏君女士、刘琼女士、刘泉女士、张健先生，还有香港《文汇报》吴明先生，他们始终给我以支持与鼓励，做得非常专业敬业，付出了太多心血，让我感动感佩。没有他们的精心编排和点拨，文章绝对不会有如此好的效果。

徽派绘画代表性人物之一的朱松发先生，应我的不情之请，欣然题写《江淮八记》书名。朱先生的字，像他的画作一样，鲜明的个性与阳刚大气的品格，跃然纸上。吴雪先生题写的李白《赠汪伦》诗句、王涛先生题写的杜牧《清明》诗句，展示了安徽书法艺术的功力和水平，为《桃花潭记》和《杏花村记》增色添彩，再次一并致敬致谢。

书后所附的三篇文章，都是关心《徽州八记》的友人的谬赞。韩露女士本身是书的责任编辑，从文学理论的角度所撰书评，写得专业而平实。祝华新先生是我在报社住集体宿舍时的室友，一向对我偏爱有加、关怀备至，打理的个人微信公众号"党报旧闻"，在业界反响强烈，广受好评，专为《徽州八记》所撰之文，立意高远，饱含感情，让我受之有愧，为之动容。"传媒茶话会"是传媒业界颇具影响力的微信公众号，总编辑陈银峰先生专门安排宋婧小姐做专访，并亲自在文尾作点评，多有过誉，我权且看作是对我的鞭策和勉励。

从《徽州八记》到《江淮八记》，表达的都是我对生活和工作4年有加的江淮大地的一片深情。太多太多的人、情、事，值得我去感恩。可叹无以为报，唯有继续努力，心无旁骛似明镜，不负"江淮"不负卿。

2019年12月26日于合肥